双星の天剣使い

HEAVENLY SWORD OF TWIN STARS

「私が貴方達の軍師になるわ。
今更『嫌だ』とは言わないわよね？」

神算可憐の軍師

瑠璃《ルリ》

仙娘を自称する少女。
明鈴とも知り合いで、伝説の【天剣】を見つけた。
人並外れた「観察眼」と「軍略」を持っているが、
戦自体は嫌い。

「ふ〜ん。へぇ〜。そうなんですねぇ〜。
儚い夢ですね〜。
隻影様の『地方文官になる！』
くらいのぉ〜」
麒麟児
王明鈴《オウメイリン》
新進気鋭の大商人である王家の娘。
身体こそ一部分を除いて小さいが、
確かな商人としての才能、嗅覚を持つ。
隻影に命を救われた上に、
彼の内に秘めた怜悧さを評価している。

「隻影の夢が儚いのは今に始まったことじゃありません」
「私は正真正銘、本物の仙娘よ。胸だってこれからっ！」
白星を継ぐもの
張白玲《チョウハクレイ》
辺境を守る名門の御令嬢で、
幼いころから文武に才を示した少女。
容姿に優れ、性格も真面目で慈悲深い。
普段は実直だが、
隻影に対してだけは我儘を言って甘える。

「隻影は……私がいないと
無理無茶ばっかりするんです。
どうせ、今回も
『白玲と兵達は何があっても助ける』
なんて、考えているに違いありません。
困った人なんです」

これこそ瑠璃の『策』。
後方に炎。左右の二重伏兵――
そして、前方は俺達による
敵将単独を狙った四方包囲。
『火薬』と『火槍』という
千年前にはなかった代物を加えた……

不敗の英雄の生まれ変わり
隻影《セキエイ》
救国の名将に拾われ、
御令嬢の白玲と共に育てられた青年。
前世の経験と武芸の訓練で
並外れた武力を持つが、
本人は戦場から離れて働く
地方文官志望。
『狼殺の計』

「張泰嵐の娘と息子も姿を現すかもしれぬ。
その場合、奴等の力量を見極め、討て。
虎の子は幼い内に殺すに限る」

CONTENTS

Heavenly sword
Of twin stars

白鬼

アダイ・ダダ

隻影達の国・栄と戦争中の敵国、玄の皇帝。
見た目こそ少女のようだが、
戦術戦略に恐るべき才を持つ。
七年前、戦場で帝位に就き未だ不敗。
前世では英峰とともに天下統一が目前だった。

[redacted]

双星の天剣使い2

七野りく

ファンタジア文庫

3277

口絵・本文イラスト　ｃｕｒａ

双星の天剣使い

HEAVENLY SWORD OF TWIN STARS

登場人物

隻影《セキエイ》
英雄の生まれ変わり

張白玲《チョウハクレイ》
名門の御令嬢

王明鈴《オウメイリン》
大商人の娘

瑠璃《ルリ》
自称仙娘にして軍師

張泰嵐《チョウタイラン》
救国の名将

アダイ
玄の皇帝。怪物

セウル
灰狼。玄帝国の若き猛将

ギセン
玄帝国最強の勇士

ハショ
玄帝国が誇る軍師

玄
燕京《えんけい》
七曲山脈《ななまがりさんみゃく》
大河《たいが》
西冬
蘭陽《らんよう》
敬陽《けいよう》
大運河
臨京《りんけい》
栄

序章

「食料と資材の搬入手配はどうなってる？　昼には敬陽《ケイヨウ》行きの船が出ちまうぞっ⁉」

「空いてる人足と荷馬車はとにかく港へ！」

「【張護国《チョウごこく》】様が勝たれるのは毎度のことだけれど、今回は大商いだわ～」

「明鈴《メイリン》御嬢様《おじょうさま》はどちらに？　御指示をいただかないと……」


栄《エイ》帝国首府『臨京《リンケイ》』。

その一等地に居を構えている、王《オウ》家の御屋敷《おやしき》は喧騒《けんそう》に包まれていました。

自称仙娘様の見送りから戻って来た私──王明鈴《オウメイリン》様付従者である静《シズカ》に気付かず家人達は廊下を走り回り、荷物を港へ運ぶ威勢の良い掛け声を発しています。

帝国北辺の中心都市『敬陽《ケイヨウ》』が大河以北を領している【玄《ゲン》】の大軍に攻められるも激戦の末、防衛に成功してから一ヶ月が経《た》ちました。

彼《か》の地を守っていたのは、この国最大の英雄である【護国】張泰嵐《チョウタイラン》──ではなく、留守役を務められていた明鈴《メイリン》御嬢様の想《おも》い人でもあり、私と同じ黒髪の隻影《セキエイ》様。

お会いした当初から只者《ただもの》ではない、と思っていましたが……よもや、敵の猛将『赤狼《せきろう》』を討ち取られ、張《チョウ》将軍が帰還されるまで敬陽《ケイヨウ》を守り抜かれるとは！

まるで、絵物語に登場する英傑の如《ごと》き御活躍と言えましょう。

ただ都市自体は『投石器』なる兵器により大きな被害を受けたと聞いています。

加えて、栄《エイ》帝国にとり永年の友邦だった北西の交易国家【西冬《セイトウ》】の寝返り。

今の所、二国に大きな動きはありませんが、大河以北と西方に前線を抱えることとなった敬陽《ケイヨウ》の防衛強化は必定です。

だからこそ、王《オウ》家を始めとする臨京《リンケイ》の商家は活況を呈しているわけですが……。

「隻影《セキエイ》様と白玲《ハクレイ》御嬢様からすれば、一難去って、でございますね」

縁あって知り合った黒髪紅眼の青年と銀髪蒼眼《そうがん》の美少女を思い出し、私の口から独白が零《こぼ》れました。敵の猛将を退けても今後の戦はより一層厳しいものとなるでしょう。

敬陽《ケイヨウ》にいる張《チョウ》家の御二人を思いながら、御嬢様の部屋へ歩を進めていると、

「し、静《シズカ》様！」

短い茶髪の女官見習いが駆け寄ってきました。随分と慌てている様子です。

私は少女の髪を手で直し、御土産の胡麻《ごま》団子が入った紙袋を手渡しました。

「髪が乱れていますよ？　落ち着いて。明鈴《メイリン》御嬢様の御着替えはどうなりましたか？」

「あ、ありがとうございます。御着替えはその……」

恥ずかしそうに俯《うつむ》いた少女は紙袋を受け取り言い淀《よど》みました。失敗したようです。

普段の明鈴《メイリン》御嬢様は大変快活で、家中の者にも目配りを欠かさない方なのですが、ここ最近は自室に閉じこもりがちなのです。私は額に手をやりました。

「はぁ……仕方ない御嬢様ですね。後は任せてください」

「あ、ありがとうございますっ！」


女官見習いの少女と別れて廊下を進み、屋敷の奥へ。

大陸各地を渡り歩いておられる旦那様と奥様が集められた物珍しい品々を眺めながら、明鈴《メイリン》御嬢様の部屋へと向かいます。

丸窓から見える空には雲一つありません。良い天気です。

後程、御嬢様を散歩に連れ出すのはありかもしれません。

精緻な彫刻の施された入り口の扉をそっと開け、御部屋の中を覗《のぞ》き込みます。

すると、寝台上から寝言が聴こえてきました。

「う〜……う〜……隻影《セキエイ》さまぁ……明鈴《メイリン》が看病しますぅ……」

……私がいないのを良い事に二度寝をされるとは。

旦那様と奥様が不在である間、家中を取り仕切っておられる御方とは到底思えません。

敬陽《ケイヨウ》攻防戦が終わった直後、張《チョウ》家の御令嬢である白玲《ハクレイ》様から文が届き、

『隻影《セキエイ》は戦場で左腕に手傷を受けましたが、無事です。看病は私が』

と、伝えられたのを余程気にされているのでしょう。

私は溜《た》め息を吐《つ》き、長卓の横を通り抜けました。

卓上には先だって仙娘《せんこ》様の伝手《つて》で【西冬《セイトウ》】の亡命者により持ち込まれた、奇妙な対騎兵用兵器の入っている長細い木箱が置かれています。

寝台に近づき――

「明鈴《メイリン》御嬢様、もうお昼です！　さ、起きてください」

「！　きゃんっ」

上質な絹製の夜具を強引に引きはがしました。

淡い橙色《だいだいいろ》の寝間着姿で、おろしたままの長い栗《くり》茶髪には寝癖がついています。

大きな瞳を瞬《しばた》かせていた小柄な明鈴《メイリン》御嬢様は頰を膨らませ、上半身を起こすと両手をブンブン振り回してきました。

「ち、ちょっと、静《シズカ》っ！　部屋に入るなら一声かけてっ‼　今の私は、愛《いと》しい愛しい未

来の旦那様がいる敬陽《ケイヨウ》へ行きたいのに行けない状況に心を痛めてるのっ‼　しかも、あの憎たらしくて胸も小さい張白玲《チョウハクレイ》からしか手紙が――わぷっ」

私は近くの椅子に置いておいた着替えの服を手に取り、御嬢様の顔に押し付けました。

そして、左手の人差し指を立ててお小言を告げます。

「まずは御着替えを！　午後から書類仕事をしませんと、皆も困ってしまいます」

「……はぁ～い」

不承不承と謂《い》った様子で返事をし、明鈴《メイリン》御嬢様が服を着替えていかれます。

……何故《なぜ》胸だけ大きく。これが栄《エイ》帝国に伝わる仙術乃至《ないし》は方術なのでしょうか？

お仕えして以来の疑問を今日も覚えつつ、私はお茶の準備を始めました。

『起床し、身なりを整えた後は一杯のお茶』

奥様に教えていただいた王《オウ》家の伝統です。

一人でてきぱきと着替えられ、部屋の片隅に準備されている冷水で顔と歯を洗われた明《メイ》鈴《リン》御嬢様が椅子に腰かけられました。

幼い頃から御傍《おそば》に仕えている私としては、御嬢様の成長を見ると嬉《うれ》しくなり甘やかしたくなってしまいます。すぐ調子に乗られるので嗳《おくび》にも出しませんが。

私は平静を装《よそお》い、お茶を丁寧に注いでいきます――仄《ほの》かな果実の香り。

「本日の茶葉は南域産でございます。どうぞ」

「…………う～」

むくれる明鈴《メイリン》御嬢様の後ろに回り、髪を櫛《くし》で梳《と》かして整えていきます。

お茶を一口飲まれた御嬢様が素直な感想を零されました。

「あ、美味《おい》しい。でも、この味だと隻影《セキエイ》様にはバレちゃうかも……？　う～ん」

さっきまでの不機嫌は何処《どこ》へやら。本当に愛らしい。

私は微笑《ほほえ》みながら想い人との次なる逢引《あいびき》に想いを馳《は》せている御嬢様の髪を結び、丸机の上に港で受け取った書簡を置きました。

明鈴《メイリン》御嬢様は振り向かれ、大きな瞳をパチクリ。

「？　これは？？」

「敬陽《ケイヨウ》からでございます。港へ寄りましたところ届いておりました」

「！　もしかして、隻影《セキエイ》様っ⁉」

ぱぁぁ、と表情を明るくされるのを見て私はますます笑みを深めました。

やはり、明鈴《メイリン》御嬢様には笑顔がよく似合います。隻影《セキエイ》様には感謝してもし切れません。

いそいそと書簡を読み始められた明鈴《メイリン》御嬢様の隣に腰かけ、私は自分の碗《わん》にお茶を注ぎました。

ゆっくりそれを味わっている中、御嬢様は「……えへへ」「ちっ！　やっぱり、白玲《ハクレイ》さんは敵です……」「猫さん？」と呟《つぶや》かれています。見ているだけでほんわかします。

私がニコニコしていると、明鈴《メイリン》御嬢様の眉が吊《つ》り上がりました。

「…………む～」

「明鈴《メイリン》御嬢様？　隻影《セキエイ》様がどうかされましたか？？」

空になった碗へお代わりのお茶を注いでいると、書簡が徐《おもむろ》に差し出されます。

「読んでもよろしいのですか？」

「……うん。静《シズカ》ならいいわぁ～」

「ありがとうございます。では」

私は『当然でしょ？』という御嬢様の返事を受け相好を崩し、目を通し始めました。

『王《オウ》家の麒麟児《きりんじ》　明鈴《メイリン》殿

久しぶりの手紙となり申し訳ありません。

＊

戦場で負傷し、筆をとることが出来なかったのです。

どうか、ご無礼を御許し――……。

周囲の人間に散々言われたから真面目に書いてみたんだが、むず痒《がゆ》くなるな。

此処《ここ》からは普段通りに書かせてもらう。

まず、親父殿《おやじ》達を敬陽《ケイヨウ》へ送り込んでくれた礼が遅れてすまん。

左腕を負傷していても手紙の一通や二通は問題なく書けたんだが……怖い怖い張白玲《チョウハクレイ》様に常時見張られていてな、無理だったんだ。許せ。

お前も知っての通り、俺には地方の文官になる夢がある。命は惜しい。

今も猫と一緒に隠れて、倉庫でこれを書いているくらいなんだ。

あいつ、俺が負傷してからやたら過保護でな……大丈夫だって言っても聞きやしない。

とにかく、だ！

お前が船を出してくれたお陰で敬陽《ケイヨウ》は陥落を免《まぬが》れた。心からの感謝を。

親父殿の言質《げんち》も取ったし、何《いず》れ必ず報いるつもりだ。

怪我《けが》はもう大丈夫だ。心配しないでくれ。


膝上の猫が白玲《ハクレイ》の密偵なんじゃないかと疑う隻影《セキエイ》より

追記

【天剣《てんけん》】は確かに受け取った。助かった。

――が！

こいつが本物かどうかは誰にも分からないし、俺の手元には【黒星《こくせい》】しかない。

【白星《はくせい》】は白玲《ハクレイ》の得物になっちまったしな。

ほら？　一対あっての【天剣】だろ？

大概の事には協力するし、力も貸す。が、婿入りの件はお前ももう少し考えて……。

まずいっ！　白玲《ハクレイ》にバレたっ‼

細かい話はまた手紙を書く！　じゃあなっ‼

＊

「ふむふむ……なるほど。隻影《セキエイ》様はやはり御無事だったようですね」

読み終えた私は丁寧に書簡を畳み、御嬢様《おじょうさま》へ御返ししました。

【天剣】――今より千年前、史上初めて大陸統一を成した煌《トウ》帝国、その大将軍皇英峰《コウエイホウ》が振るい、大丞相《じょうしじょう》王英風《オウエイフウ》が受け継いだという伝説の双剣です。

明鈴《メイリン》御嬢様は隻影《セキエイ》様から課された無理難題――

『【天剣】を手に入れたら婿入りを考える』

を実現すべくありとあらゆる古文書に当たられ、先程私が御見送りした仙娘《せんこ》様にも頼み込み、西方の古びた霊廟《れいびょう》で見事発見なさいました。この国では、手にすれば『天下を制することが出来る』『天下無双の武を得る』等と伝わっているようです。

……何故銘を知られて？　しかも鞘《さや》から抜かれた？　白玲《ハクレイ》御嬢様も？？

あの双剣の銘は不明でしたし、私を含め誰一人として抜けなかったのですが。

「うんっ！　ほんとに良かったぁ。白玲《ハクレイ》さんから手紙を貰《もら》っていても不安だった――……じゃなくてええぇ！」

明鈴《メイリン》御嬢様が勢いよく立ち上がられ、机上の碗が揺れました。深刻そうに零《こほ》されます。

「……ズルい」

「……はい？」

私は書簡が濡《ぬ》れないよう持ち上げ、小首を傾《かし》げました。

言葉を待っていると明鈴《メイリン》御嬢様は、がばっ！　と顔を上げ、机を叩《たた》き咆哮《ほうこう》されます。

「私だって……私だってっ！　看病にかこつけて隻影《セキエイ》様を独占したいぃぃぃ～!!」

「…………はぁ」

隻影《セキエイ》様も書かれていましたが明鈴《メイリン》御嬢様は——『麒麟児』です。

その声望は何れ臨京《リンケイ》だけでなく、栄《エイ》帝国全土に轟《とどろ》くことは間違いありません。

ですが、恋は盲目。隻影《セキエイ》様の件となりますとその聡明《そうめい》な眼《まなこ》も曇りがちで……。

私の生暖かい目線にもめげず、御嬢様はジタバタされながら叫ばれました。

「……分かる。私には分かるわ。あの表面は凛《りん》としているけれど、隻影《セキエイ》様絡《がら》みではヘタレな張《チョウ》家の御嬢様はここぞとばかりにべったりだった筈《はず》よっ！　卑怯《ひきょう》だわっ！　不公平よっ‼　私だって『隻影《セキエイ》様はお怪我をされているんですよ？』の台詞《せりふ》で全部を封殺して、御仕事を手伝ったり、お食事を食べさせたり、添い寝とかをしたかったたっ！！！！」

「……まさか、そのようなことは」

「してるもんっ！　だって、私がその立場なら絶対するからっ‼」

私が見たところ白玲《ハクレイ》御嬢様は節度を持たれた御方。懸念《けねん》は無用だと思うのですが……。

腕組みをした御嬢様が暴れられます。

「【双星の天剣】だって、わざわざ瑠璃《ルリ》に頭を下げて一生懸命探し出したのに……隻影《セキエイ》様のバカ！　いけず‼　私をぞんざいに扱ったりしてぇぇ‼!」

「ぞんざいには扱っていないと思いますよ？」

私は苦笑し、小柄な御嬢様を抱きしめました。

「隻影《セキエイ》様は大変素直な御方です。だからこそ、白玲《ハクレイ》御嬢様に隠れてまで直筆の手紙を書くことに拘《こだわ》られたのではないでしょうか？　――御手紙、嬉しくなかったのですか？」

「それはその……嬉しかったけど………」

明鈴《メイリン》御嬢様は頰を薄《う》っすらと染め、小さく零されました。

御仕事をされている時は大人びておられますが、こういう場では昔と変わりません。

私は艶やかな栗《くり》茶髪を撫《な》でつつ、諭します。

「白玲《ハクレイ》様に託された【天剣】の件、隻影《セキエイ》様の御言葉にも一理あります。あの双剣が本物なのかが分かるのは、それこそ伝説の【双英】皇英峰《コウエイホウ》か王英風《オウエイフウ》――……」

「静《シズカ》？　どうかしたの？？」

手を止めた私を、腕の中の御嬢様が怪訝《けげん》そうに見つめてきました。

考えていた内容を言葉に出します。

「いえ、仙娘様ならばあるいは？　と」

「はっ！　そうだったわっ。瑠璃《ルリ》よっ！　あの子ならきっと証明してくれるっ!!!」

明鈴《メイリン》御嬢様が小さな手を握り締め、目を輝かされました。

私は異国の民が多い臨京《リンケイ》でも珍しい色の髪と目を持つ少女と、港で話した内容を思い出し頭を振ります。

「残念ながら……瑠璃《ルリ》様は今朝方、臨京《リンケイ》を発《た》たれました。『直接張《チョウ》家の育みを見て来るわ』と。宮中で怪しげな話も出ているようですし、早めに船を押さえたのは正解かと」

「――……へ？」

御嬢様が動きを止め、瞳を大きく見開かれました。

私はこの後の出来事を予想し、耳を押さえます。

息を大きく吸い込み、

「隻影《セキエイ》様と白玲《ハクレイ》さんと、瑠璃《ルリ》のバカぁぁぁぁぁぁ！！！！！！！！！」

屋敷《やしき》中に明鈴《メイリン》御嬢様の魂の叫びが轟き、庭の小鳥達は一斉に飛び立っていきました。

＊

「議論の余地無しっ！　我が国との長年の友誼《ゆうぎ》を破った【西冬《セイトウ》】を討つべしっ‼　今なら

ば、北の馬人共も敬陽《ケイヨウ》における敗北で意気消沈しておるでしょう」

諸官が集まった宮中の廟堂《びょうどう》に肥えた男──栄《エイ》帝国副宰相、林忠道《リンチユウドウ》の大声が響き渡った。

頭に髪はなく、四肢は丸太のように太い。年齢は六十手前と聞くが若々しく見える。

だが、その瞳は権勢欲で濁りきり、思慮深さは皆無。服装も過度に華美だ。

皇帝家の遠縁で多少内政に功績があるとはいえ、天下の政《まつりごと》を任せられる男ではない。

大方、今回の件を用いて私、楊文祥《ヨウブンショウ》が持つ宰相の地位を狙おうとしているのだろう。

……狐《きつね》面をつとに被《かぶ》っているという懐《ふところがたな》刀の男の入れ知恵か。

ちらり、と天壇を確認する。

玉座に座られている『龍』が描かれた明黄《オウ》の衣を纏《まと》われた若い男性──皇帝陛下は困った表情で、我等《われら》の議論を見守っておられる。

聡明であられた皇后陛下を数年前に亡《な》くされた後、陛下は忠道《チユウドウ》の娘を愛妾《あいしょう》とされた。

……あの時反対していればばっ。我、誤れり。

私は悔恨を覚えつつも白髭《しらひげ》をしごき、静かに政敵を窘《たしな》める。

「……忠道《チユウドウ》殿、落ち着かれよ。貴殿の気持ちは理解出来るが、西冬《セイトウ》侵攻ともなれば、国の大事。前線の張《チヨウ》将軍とも図らねばなるまい」

「ふんっ。農民の小倅《こせがれ》と話すことなぞ……奴《やつ》は陛下の命を破り首府を離れた不忠人っ！　侵攻の際はただ持ち場を守っていれば良いでしょう」

父祖が農民だったという張泰嵐《チョウタイラン》は、陛下の召喚を受けつい先日まで臨京《リンケイ》に滞在していたが……『玄《ゲン》軍、大河及び敬陽《ケイヨウ》に侵攻せり！』の報を受けるや北へ戻り敵軍を一蹴したのだ。臨京《リンケイ》の民草だけでなく、宮中に仕える我等が祝杯を掲げたのは言うまでもない。

副宰相派はそんな張泰嵐《チョウタイラン》までも蔑んでいるっ！

声が低くなるのを抑えきれず、淡々と事実を突きつける。

「……貴殿の言う『農民の小倅』の働きによって敬陽《ケイヨウ》失陥は辛《から》くも免れ、奴等《やつら》が『四狼《よんろう》』と誇っている猛将の一人を討つことも出来たのだぞ？」

「宰相閣下は御甘い！　前線で何かあらば『張家《ちょうか》軍』『張家軍』……そのようなことだから、奴等がつけあがるのですっ‼」

「では、どうすると？」

五十余年前、大河以北を喪《うしな》う前から我が国の軍は弱兵として知られている。

北方より南進を窺《うかが》う【玄《ゲン》】の大軍を押し留《とど》めているのは【張護国《ごこく》】率いる精鋭なのだ。

林忠道《リンチュウドウ》が肥えた身体《からだ》を動かし皇帝陛下へ向き直った。

「陛下！　張泰嵐《チョウタイラン》の長年の働きは臣も認める所であります。同時に、彼《か》の将は実現不可能な『北伐《ほくばつ》』を声高《こわだか》に主張して止《や》まぬ男でもあります。これは自ら功を得ようとする私欲によるものと、臣は些《いささ》か疑念を持っております」

「馬鹿なっ。そのようなことあるわけがないっ！」

思わず激しかけ、私は腰を浮かせた。

張泰嵐《チョウタイラン》の忠義を疑う。仮にそうなれば我が国の将で誰を信じれば良いのか。

だが、廟堂内の諸官は皆目を落としあるいは視線を逸《そ》らしている。

事なかれ主義が時に悪だと分からぬとは……。副宰相が身体を揺らし、続けた。

「どうか臣に『賊国【西冬《セイトウ》】を討伐せよ』と御命じくださいっ！　臣が手に入れた情報によれば、彼の国に北の馬人共は駐屯しておらぬようです。今行動せねば……敬陽《ケイヨウ》も持ちませぬっ！　臣は老体に鞭打《むちう》ち戦場へと赴き、賊国を討ち、陛下のご宸襟《しんきん》を安んじ奉《たてまつ》る所存っ‼　我等に精強無比な禁軍《きんぐん》ありっ！　これに西方及び南方の兵を動員すれば、兵数は優に十五万を数えましょう。その軍を以《もっ》て――」

忠道《チュウドウ》が一瞬だけ振り返り私を見た。

そこにあるは驕《おご》りと嘲り。

「西冬《セイトウ》南方『安岩《アンガン》』より奇襲侵攻致しますっ！」

禁軍――皇帝陛下直轄の中央軍と、ここ数年は平穏を謳歌《おうか》しているとはいえ、精強とさ

れる西方と南方から兵を引き抜き、敬陽《ケイヨウ》も兵站《へいたん》拠点にせず侵攻するだと⁉

確かにそこまですれば兵数において、我が方は玄《ゲン》軍と西冬《セイトウ》軍に優越しよう。奇襲効果も望めるかもしれぬ。

だが、大運河を使わぬとならば兵站に不安がある。馬は船程荷を運べぬのだ。

同時に『奇襲』という言葉は耳心地が良い。

この論の進め方、副宰相自身の考えではないな。

幾ら何でもこのような案、通させるわけには――

「文祥《ブンショウ》」

「……はっ」

皇帝陛下が短く我が名を呼ばれた。すぐさま向き直り、頭《こうべ》を垂れる。

重苦しい沈黙の中、天壇から降りて来られ――私の肩に手の重み。

「泰嵐《タイラン》が私欲に溺れているとは思わぬが、忠道《チュウドウ》の言《げん》にも頷《うなず》けるところはある。【西冬《セイトウ》】は今や敵国。大河を渡る『北伐』よりも容易ではあろう。叩けるならば叩くべきではないか？　兵站維持をどうか頼む」

「…………御意。微力を尽くしまする」

今まで我が国は大河を天然の要害として玄《ゲン》の侵攻を食い止めてきた。

だが、敬陽《ケイヨウ》北西に位置する西冬《セイトウ》が敵となれば……如何《いか》な張泰嵐《チョウタイラン》と謂《い》えども苦戦は免《まぬが》れまい。可能かどうかは別として、副宰相の言にも理は確かにあるのだ。

皇帝陛下が私の肩から手を外され、厳かに命じられた。

「林忠道《リンチュウドウ》！　軍を率い【西冬《セイトウ》】を討伐すべし‼　――くれぐれも油断はせぬようにな。兵だけではなく、蛮族との戦に慣れている南軍と西軍の将も連れて行くと良い」

「！　へ、陛下、お心遣いは感謝致しますが」

「では、南軍の【鳳翼《ほうよく》】徐秀鳳《ジョシュウホウ》と西軍の【虎牙《こが》】宇常虎《ウジョウコ》を推薦致します」

私は慌てた様子の副宰相の言葉を遮り、上奏した。

歯軋《はぎし》りが聴こえて来たが無視し、勢いよく両拳を合わせる。

「両将が世に出て二十数年。未《いま》だ戦場で敗れた、という話を聞きませぬ。張泰嵐《チョウタイラン》と並ぶ【三将】の内二将が陣中にあらば、将兵の士気も自《おの》ずと高揚致しましょう。また――張家軍からも一隊を加えては如何《いかが》でしょうか？　これ程の大戦。ここは張泰嵐《チョウタイラン》の面目も立ててやるのが天下の度量と申すものと愚考致します」

第一章

「おお〜。数日で随分、復興が進んだな！」

栄《エイ》帝国北辺、湖洲《コシュウ》の中心都市『敬陽《ケイヨウ》』東部地区。

修復の進む建物から規則正しく響く木槌《きづち》の音を聞きながら、俺——敬陽《ケイヨウ》を守護する張《ちょう》家《か》の拾われ子である隻影《セキエイ》は感嘆を零《こぼ》した。

一ヶ月前、大河以北を有する【玄《ゲン》】の侵攻を受けて敬陽《ケイヨウ》は大きな被害を受けたのだが、大穴の開いた屋根や壁は修復され、焼け落ちた柱も殆《ほとん》ど片付けられている。

「そうですね。計画よりも順調です」

俺の隣で目を細めていた、緋色の紐《ひも》で結った長く美しい銀髪と宝石のような蒼眼《そうがん》が印象的な美少女——張家の長女である白玲《ハクレイ》が頷く。

一見素っ気ない口調だが瞳は優しい。

俺達は毎日のように、こうして二人で各地区の様子を見に巡《まわ》っているので嬉《うれ》しさも一際《ひときわ》なのだ。

普段通り白基調の服を纏《まと》っている幼馴染《おさななじみ》の少女へニヤリ。

「親父殿《おやじ》が復興の陣頭指揮を執った成果ってやつだな」

白玲《ハクレイ》の父であり、玄《ゲン》から栄《エイ》帝国の北辺を長年に亘《わた》って守り続けている【護国】張泰嵐《チョウタイラン》は名将だが、内政も得手にしているのだ。今度、コツを教えてもらうか。

俺が腕組みをし独りで納得していると、白玲《ハクレイ》がジト目を向けてきた。

「……変な顔ですね。どうせ『地方の文官になる為《ため》には』云々《うんぬん》と、世迷言《よまいごと》を考えていたんでしょうけど、叶《かな》わない夢です。とっとと諦めてください」

「なっ⁉　お、お前……い、言っていいことと悪いことが世の中にはあるんだぞっ！」

堪《たま》らず文句を言う。戦場で勇を示す武官ではなく、平凡な書類仕事を毎日こなす、さして忙しくもない平和な地方文官になるのは俺の夢なのだ。

だがしかし……拾われて以来、十年以上一緒に過ごして来た張白玲《チョウハクレイ》には通じない。

防火用の水瓶《みずがめ》に映った黒基調の服を着た俺を、細い指で崩しお澄まし顔。

「今朝の書類仕事も私の方が早く終わりました」

「そ、それは、お前が俺に『怪我《けが》をした左腕は出来る限り使わないように』なんて言ったからだろうがっ⁉　そうじゃなきゃ――」

「あら？　天下の『赤狼《せきろう》』を討った張家の隻影《セキエイ》様ともあろう御方が言い訳を？」

白玲《ハクレイ》はわざとらしく、細い指を自分の顎につけ小首を傾《かし》げた。腰に提げている純白の鞘《さや》に納まった【天剣《てんけん》】と称される双剣の片割れ【白星《はくせい》】が揺れる。

こ、こいつ……俺をからかう時だけ、歳《とし》相応の可愛《かわい》らしい表情を見せやがってっ！

唇をへの字にしながら、思い返す。

――人跡未踏の大森林と七曲山脈《ななまがりさんみゃく》を一軍と共に踏破。

交易国家【西冬《セイトウ》】を降《くだ》し、敬陽《ケイヨウ》に襲い掛かった玄《ゲン》帝国の猛将『赤狼』のグエン・ギュイは強かった。

千年前、史上初めて大陸統一を成した煌《トウ》帝国で【天剣】を振るい、生涯不敗を誇った大将軍『皇英峰《コウエイホウ》』の記憶を朧気《おぼろげ》に持つ俺が一度は破れかかる程に。

勝てたのは、粘り強く戦い続けてくれた将兵及び住民達の献身。

臨京《リンケイ》から最精鋭部隊と共に戦場に駆けつけてくれた親父殿の果断。

何より――俺は照れ隠しに、【白星】と対となる【黒星《こくせい》】が納められている漆黒の鞘に触れた。

「グエンに勝てたのは俺だけの力じゃない。親父殿も――お前だって来てくれただろ？」

「っ！　……当然です。貴方《あなた》は私がいないと駄目ですから」

白玲《ハクレイ》は息を呑《の》み、誰よりも綺麗《きれい》な瞳を大きく見開いたが、すぐさま平静を取り戻し、陽光に輝く銀髪を手で払った。

大きく肩を竦《すく》め、俺は慨嘆する。

「ひってぇなぁ。はぁ……昔の可愛かった張白玲《チョウハクレイ》は何処《どこ》にありや？」

「私の台詞《せりふ》です。早く昔の素直で可愛かった隻影《セキエイ》を返してください」

「「っ‼」」

俺達が何時《いつ》ものように睨《にら》み合っていると、屋根に登り建物の修復を手伝っている兵達や、資材を運搬している顔見知りの住民達が声をかけてきた。

「白玲《ハクレイ》様、隻影《セキエイ》様！」「若、傷はもうよろしいんで？」「噂《うわさ》には聞いてましたが……」「本当に御二人で巡ってるぅ～♪」「朴念仁な若もようやく女心を理解されたんですね！」

「「…………」」

俺と白玲《ハクレイ》は互いに顔を見合わせ、半歩後退した。妙に気恥ずかしい。

黒髪を乱雑に掻《か》き乱し、皆へ叫ぶ。

「……お前らなぁ。ったく。怪我しないように気をつけろよ！」

兵と住民達は嬉しそうに手を振ったり、胸を叩《たた》いたりして作業へ戻っていく。

攻防戦以降、今みたいに声をかけられることが増えた。柄じゃないんだが。

後頭部に両手を回そうとすると「左手は駄目です」と白玲《ハクレイ》に袖を摑《つか》まれてしまった。

宙ぶらりんになった右手を戻し、鞘に触れ銀髪の美少女へ質問する。

「でー？　この後はどうするんだ？？」

「今日の視察はこの地区でお仕舞いです」

「了解」

二人でゆっくりと路地を進む。こういう時間も悪くない。

俺は隣を歩く白玲《ハクレイ》へ提案してみる。

「なら、折角だし市場も覗《のぞ》いていこうぜ？　歩き回って腹が減ったよ、俺は。何処かの誰かさんが過保護なせいで、ここ最近、視察が終わるとすぐに屋敷《やしき》へ帰ってたしなぁ～」

「……認識の違いがあるようですね」

白玲《ハクレイ》は分かり易《やす》くむくれると俺の前へ回り込み、片手を左腰に当てた。

細い指を突き付けて詰《なじ》ってくる。

「いいですか？　貴方は怪我人だったんですよ？　それも、普通なら半年は物も持てない位の。一ヶ月足らずで回復しているのがおかしいんです。猛省してください」

「俺が謝るのかよっ⁉　百歩譲って、お前が過保護だったのは間違いない――」

「貴方を一人でウロチョロさせるな、と父上にも言われています。文句があるなら直接言えば良いのでは？」

「ぐぅ」

間髪入れずの回答に俺は呻《うめ》くことしか出来ない。

親子なせいか、豪放磊落《ごうほうらいらく》に見える親父殿も案外と過保護なのだ。

視線を逸《そ》らし、目を細めている美少女を宥《なだ》める。

「まぁ、もう大丈夫だって。痛みもなくなったし、俺にも分別の一つや二つ――」

「ありません。貴方はすぐ無理無茶をします。巻き込まれる私の身にもなってください」

「そ、そこまで言うことないだろうがっ！」

酷《ひど》い。張白玲《チョウハクレイ》、酷い。

昔はこう見えて本当に可愛かったのだ。何処へ行くにも後ろを着いて来て――……『巻き込まれる私の身にも』？

俺が沈黙すると、白玲《ハクレイ》は訝《いぶか》し気に続けてきた。

「……何ですか、その目は？」

「あ～えっと……俺が事件やらに巻き込まれたら、お前が一緒に関わってくれるのは確定なんだな、って」

直後強風が吹き、銀髪と緋色の髪紐が揺れた。

言葉の意味に気付いたらしい白玲《ハクレイ》は、見る見る内に首筋と頰を真っ赤に染め、

「う〜〜〜！」

両手で俺をポカポカ殴ってくる。

「ひ、左腕を意識的に狙うなっ！　仮にも怪我人だったんだぞっ⁉」

抗議しながら、ひょいひょいと躱《かわ》し続ける。

すると不機嫌そうに頰を膨らまし、白玲《ハクレイ》が淡々と通告してきた。

「……分かりました。治ったのなら明日以降はもう容赦しません。馬の遠駆けと剣と弓の鍛錬も全部再開します。まさか、嫌とは言いませんよね？　治ったんですからねっ！」

ひ、卑怯《ひきょう》なっ！

だが同時に、ここで抵抗しても無駄なことはこの十年間で学習済みだ。

つまり、この局面で俺が取るべき選択肢は——これだっ！

「……あ〜遠駆けは」「よ・い・で・す・ね？」

「…………ハイ」

交渉事に持ち込もうとした俺の目論見《もくろみ》は白玲《ハクレイ》の凄《すご》みにあっさりと霧散した。

明日から寝坊出来ないのか……そうか。

やや黄昏《たそが》れていると、花の香りが鼻孔をくすぐった。

「？　白玲《ハクレイ》？？」

突然、幼馴染の少女が俺の左袖をそっと摘まんできたのだ。

二人きりの時ならいざ知らず、人前では滅多にこんなことしてこないんだが……。

まじまじと見つめていると、早口で説明してくる。

「貴方が市場で迷子になったら困るので。……本当に痛みはないんですね？　嘘《うそ》じゃないですね？」

少し言い過ぎた、と思ってしまったようだ。やっぱり、こいつは優しいんだよな。

俺は手を伸ばし、少女の髪についた埃《ほこり》を取った。

「大丈夫だって。ありがとうな」

「……別に良いです」

そう言うと、白玲《ハクレイ》は照れ臭そうに俯《うつむ》いた。

敬陽《ケイヨウ》は大陸を南北に貫いている大運河の要地にある。

その為、各地から様々な物が持ち込まれ――市場は常に活況。

雲一つない空の下、今日も数えきれない露店が出ていて、そこかしこで威勢の良いやり取りが聴こえてくる。

大量の新鮮な肉や魚、野菜といった生鮮品。美味《うま》そうな料理や菓子。布や服、獣の毛皮。磁器や陶器、珍しい舶来品。

……最前線じゃなければ、もっと発展すると思うんだがなぁ。

俺が内心で慨嘆しつつ、白玲《ハクレイ》と他愛のない会話をしながら市場を見て回っていると、人通りが途切れた。何時の間にか小路《こうじ》に入り込んでしまったらしい。

そこには十代前半だろうか？　頭まで外套《がいとう》を羽織った『少年』が竹製の椅子に腰かけ、淡い白い花を手に取り、鋏《はさみ》を動かしていた。

「へぇ……」「珍しい花ですね」

俺と白玲《ハクレイ》は立ち止まり、ござの上に置かれた桶《おけ》の中の花束を覗き込んだ。

……こんな花、敬陽《ケイヨウ》周辺に生えてたか？

若干疑問を覚えながらも俺は、小柄な店主に話しかける。

「坊主《ぼうず》、ちょっといいか？　これ何処から採ってきたんだ？」

すると、少年はほんの少しだけ顔を上げ、パチン！　鋏で白い花を断ち切った。

——敬陽《ケイヨウ》でも滅多に見ない金色の髪と翡翠《ひすい》の瞳。前髪で左目が隠れている。

どうやら、西冬《セイトウ》の北西部『白骨砂漠《はっこつさばく》』を越えた先にあると聞く諸国家出身のようだ。

「……言えない。商売にならなくなるから。あと」

声色に微《かす》かな怒気が混じる。

隣の白玲《ハクレイ》が「……馬鹿」と小さく零《こぼ》すのが聴こえた。

椅子から立ち上がり、小柄な店主が長い金髪を露《あら》わにし睨んでくる。

「私は女よ。買わないならどいてくれない？　戦をする人は嫌いなの」

や・ら・か・し・た。

こうして立ち上がってくれれば分かるものの……肢体に凹凸も殆《ほと》んどないし、青い紐《ひも》で軽く結わえている髪も隠れていたから気付かなかった。

ばつが悪くなり俺は両手を合わせ、素直に謝る。

「すまん！　花を買うから許してくれ」

「………………」

前髪で左目が隠れている少女は重く沈黙し、ただただ冷たい空気を発散させた。

くっ！　く、空気が、空気が重いっ‼

白玲《ハクレイ》が呆《あき》れたように溜《た》め息を吐《つ》いた。

「はぁ……まったくもう。ごめんなさい。この人はとっても鈍感なんです。どうか許してください。本当に綺麗なお花ですね」

右の瞳を瞬《しばたた》かせ「……銀髪蒼眼《そうがん》の美少女……じゃあ、そっちの黒剣は……」と呟《つぶや》いた。

目を伏せ、店主が答える。

「……貴女《あなた》の髪と瞳も綺麗だと思う、張《チョウ》家の御姫様」

「ありがとうございます」

その容姿から敬陽《ケイヨウ》でも名の知られている白玲《ハクレイ》はふんわりと笑みを浮かべ、丁寧に御礼《おれい》を口にした。空気も和らぎ、俺は安堵《あんど》する。

……前世の記憶も、こういう時は役立たずだな。

苦笑していると、少女の視線が俺と白玲《ハクレイ》の腰に注がれた。そこにあるのは好奇？

金髪を弄《いじ》りながら口を開く。

「——……その剣」

「ん？　ああ、俺の愛剣だ。良く斬れるし、頑丈なんだぞ？」

煌《トウ》帝国の初代皇帝曰《いわ》く——

『天より降りし星を用いて打たれた。この世に斬れぬものなし』

その言《げん》に偽りはなく、既存の武器では耐えられない俺自身の力にも平然と耐え、先の戦では『赤狼《せきろう》』が纏《まと》う鋼鉄製の鎧《よろい》すらも両断した。

金髪の少女が鋏を仕舞い静かに問うてきた。

「——……抜けた、の？」

「？　抜けない剣を提げやしないだろ。面白いことを言う奴《やつ》、むぐっ」

「貴方《あなた》は黙っていてください」

何故《なぜ》か白玲《ハクレイ》が少しだけ慌てた様子で、俺の口を手で塞《ふさ》いできた。

少女はその反動で揺れた【白星《はくせい》】を見つめている。

こいつ……【天剣《てんけん》】を知って？　玄《ゲン》もしくは西冬《セイトウ》の密偵か？？

腕を軽く叩《たた》きつつ銀髪少女に目配せし、手を外させる。

「へーへー。黙りますよーだ。よっと」

桶から花を一輪取り、水を袖で拭い白玲《ハクレイ》の前髪に俺は挿した。

「！　せ、隻影《セキエイ》⁉　に、にゃにを……」

冷静沈着な張家《ちょうか》の御嬢様《おじょうさま》は激しく動揺し、その場であたふたし始めた。

俺は懐《ふところ》から財布を取り出し、翠眼《すいがん》を丸くしている少女へ銅銭を多めに手渡した。

「うん、似合うな。お前さんもそう思うだろ？　一束包んでくれ」

「………………」

代金を小さな手で受け取った少女は首を縦に振り、両頬を押さえ悶《もだ》えている白玲《ハクレイ》に呆れた口調で問うた。

「ねぇ……この人は何時《いつ》もこうなの？」

「――……はい」

「大変ね」

「ありがとうございます。知っているかもしれませんが改めて――張白玲《チョウハクレイ》です。名前を教えてもらってもいいですか？」

「瑠璃《ルリ》」

短く名乗った金髪の少女は「……少しは考えなさい」と言いながら花束を俺へ押し付けてきた。今、俺が責められる場面あったか⁉

理不尽を覚えながら花束を受け取ると、大声が耳朶《じだ》を打った。

「掏摸《すり》だっ！！！！！　だ、誰かそいつらを捕まえてくれっ‼」

「「！」」

通りに目線を向けると、野卑た二人の男が猛然と此方《こちら》へ走ってくる。着ている物は薄汚れていて明らかに敬陽《ケイヨウ》の民ではなく、警邏《けいら》の兵士達から逃げているようだ。

「白玲《ハクレイ》、頼んだっ！」「……仕方ないですね」

銀髪少女へ花束を投げ渡すと俺は駆けだし、路地の中央で両手を広げた。

「どけどけどけっ！！！！」「ぶっ殺されてぇのかっ！！！！」

男達は腰の短剣を抜き放ち、怒声を発する。

……仕方ねぇなぁ。

俺が拳を軽く握っていると、若い溌剌《はつらつ》とした声が近くの屋根から降って来た。

「左は僕が！　右の男をっ！」

止める間もなく、外套を靡《なび》かせた茶髪の青年が屋根から飛び降り、男を蹴り飛ばす。

肌がよく焼けている。南方人？

「！　がっ⁉」

奇襲を喰《く》らった男が地面に伏し、動かなくなる。失神したようだ。

「て、てめぇっ！　な、舐《な》めやがってっ‼」

仲間を倒された坊主頭の男が青年へ短剣を振り下ろそうとし——

「〜〜っ⁉」

「そこまでだ」

俺に手首を捻《ね》じられ、両膝をついて悲鳴を発した。

零れ落ちた片刃の短剣を拾い、クルクルと回しながら掏摸の男に呆れる。

「お前なぁ、此処《ここ》は【護国《ごこく》】張泰嵐《チョウタイラン》が守護する敬陽《ケイヨウ》だぞ？　白昼堂々掏摸なんかしても捕まるに決まってるだろう？　何処《どこ》から流れて来た？」

「ひぃっ！　………………」

「おーい？　……失神したか。悪いな、助かった」

男は顔を真っ青にして気絶してしまった。そんなに脅したつもりはないんだが。

目線を移し、もう一人の掏摸を制圧した外套を羽織った青年へ礼を言う。

……こいつ、やたら顔が整ってやがるな。天は不公平だっ！

俺の感想には気づかず、青年は幼さを感じさせる笑みを浮かべ応じてきた。

「いえ！　当然のことをしたまでで――……黒髪紅眼。もしや、貴方は」

甲高い指笛の音が響いた。戦場で指示を出す際に使うものだ。

青年は、はっ！　とし、深々と頭を下げてきた。

「申し訳ありません。僕は先を急がねばなりません。今日の所は失礼しますっ！」

「お、おいっ」

呼び止める間もなく、青年が走り去っていく。

通りの人混みの中に、外套を羽織った偉丈夫《いじょうふ》が見えた。

……何者だ？

考え込んでいると、警邏の兵士達が現場に駆けこんで来た。

「せ、隻影《セキエイ》様っ⁉　どうしてこのような場所に……」

先頭の実直そうな若い士官は張泰嵐《チョウタイラン》を長きに亘《わた》って支えている老将、礼厳《ライゲン》の遠縁である庭破《テイハ》だ。

掏摸が持っていた短剣を差し出し、肩を叩く。

「庭破《テイハ》、後は任せる。こいつ等が何処から来たかだけ報告してくれ。多分『西』だ」

「――……はっ！」

庭破《テイハ》は強張《こわば》った表情で敬礼をし、兵達の指揮を再開した。

――敬陽《ケイヨウ》から西。

あの掏摸達が持っていた特徴的な片刃の短剣……【西冬《セイトウ》】から逃げてきたか。

黙考しながら、白玲《ハクレイ》の下へと戻る。

手には花束も持っておらず、前髪の花もない。うん？

疑問を覚えていると、俺にだけは厳しい銀髪の御姫様が端的に評してきた。

「随分と鈍《なま》っているようですね」

「本格的な鍛錬をさせてくれなかったのは誰だと⁉ 花束はどうしたんだ？ それと」

周囲を見渡すも、先程の少女の姿はない。

「店主は？」

「瑠璃《ルリ》さんは行く所があると。銅貨も返してこられて。不思議な話なんですが花束と花も消えてしまいました。……さっきの青年は」

「かなり出来る奴だったなー。敬陽《ケイヨウ》人じゃなかった」

不思議な金髪少女と明らかに鍛えられた南方人だと思《おぼ》しき青年。

妙な連中に会う日だ。

「ええ。それに──」

「？　どうした？？」

黙り込んだ白玲《ハクレイ》の顔を覗《のぞ》き込む。

「いえ、気のせいだと思います。……あの御方が敬陽《ケイヨウ》にいる訳ありませんし」

自分に言い聞かせるように言葉を漏らし、白玲《ハクレイ》は俺に銅貨を握らせた。

次いで左腕に自分の腕を絡《から》めてくる。少しだけ不安になったらしい。

「さ、屋敷《やしき》に帰りましょう。貴方を一人にしておくのは危険だと、今日の件で立証されました。今後も私と一緒の行動を義務付けます。反論は許しません。花束、帰りの途中で買い直してくださいね？」

＊

「白玲《ハクレイ》御嬢様、隻影《セキエイ》様、お帰りなさいませ♪」

敬陽《ケイヨウ》東部に位置する張《チョウ》家の屋敷で俺達を出迎えてくれたのは、満面の笑みを浮かべた鳶《とび》茶髪の白玲《ハクレイ》付き女官――朝霞《アサカ》だった。

掃除をしていたらしく、手には竹箒《たけぼうき》を持っている。

「ただいま」「お～」

俺達は挨拶しながら近づき、手に持っていた紙袋を差し出す。

「これ土産だ。みんなで食ってくれ。今日は揚げ饅頭《まんじゅう》にしといた」

「まぁまぁ。ありがとうございます」

心底嬉《うれ》しそうに受け取ると、女官はますます笑みを深めた。

軽く左手を振り、俺は後頭部に両手を回す。朝霞《アサカ》達には世話になりっぱなしなのだ。これ位はして然《しか》るべきだろう。

「朝霞《アサカ》、花瓶を二つ用意してくれないかしら？」

市場で買い直した花束を抱えている白玲《ハクレイ》が、淡々とお願いを口にした。前髪にも新しい花が挿してある理由は……まぁ、無言の圧力というやつだ。

竹箒と紙袋を手に持つ女官がキョトンとした。俺も訳が分からず成り行きを見守る。

「二つ、でございますか？　一つでは――あ、畏《かしこ》まりました！　私にお任せくださいっ♪」

「お願いね」「？？？」

分からないのは俺だけらしい。親父殿《おやじどの》の部屋に飾るんだろうか……。

白玲《ハクレイ》がこっちを見た。

「少し汗をかいてしまったので私は入浴してきます。勝手に何処かへ行かないでください ね？」

張《チョウ》家の屋敷内には温泉が湧いていて、何時でも入浴することが出来るのだ。

俺の傷が早く治ったのも、その効能かもしれない。

「へーへー。とっとと入って来いよ」

「…………」

回答が気に喰わなかったのだろう、銀髪の美少女は無言で廊下を歩いていった。あいつ、前髪に花を挿しっぱなしだったな。

さて、俺は自室に戻って読書でも――朝霞《アサカ》に首元を引っ張られる。

「うおっ！」「隻影《セキエイ》様は此方に★」

肩越しに見やると、女官の瞳には深刻さが見て取れた。

「旦那様がお待ちです。隻影《セキエイ》様に相談されたいことがある、と。……何時になく悩まれている御様子でした」

屋敷の奥、親父殿の部屋前で俺は小さな呼び鈴を鳴らした。

チリン、という涼やかな音が響き、すぐさま野太い声が返ってくる。

「――入れ」

「失礼します」

古びた机と長椅子、寝台が置かれているだけの殺風景な部屋に入る。

栄《エイ》帝国最高の名将の私屋には到底見えない。

「戻ったか、隻影《セキエイ》。街の様子はどうであった？」

椅子に腰かけ、書簡を読んでいた黒髪黒髭《くろひげ》の筋骨隆々な男性――【護国】張泰嵐《チョウタイラン》は嬉しそうに俺の名前を呼んでくれた。

十年前――匪賊《ひぞく》に襲われ、両親だけでなく自らの命すらも喪《うしな》いそうだった俺はこの人に拾われたのだ。空いている長椅子へ腰かけ、足を組む。

「着々と復興が進んでいますよ。何せ、敬陽《ケイヨウ》は張泰嵐《チョウタイラン》の本拠地ですしね」

「下手な世辞を言う。お前も十六。もう少し言葉を学ばぬと女も口説けぬぞ？」

黒髭をしごきながら、親父殿はニヤニヤ。

わざとらしく肩を竦《すく》める。

「……筆と紙を借りてもいいですか？　書き留めて白玲《ハクレイ》に見せますんで」

「はっはっはっ！　言うではないか。尻に敷かれているようで何よりだ」

「……勘弁してくださいよ」

あいつに勝てないのは事実だが、認めるのは癪《しゃく》でもある。

親父殿の後方、丸窓の外へ目を向けると内庭では小鳥の群れが地面を啄《ついば》んでいた。最前線の都市とは思えぬ穏やかな光景だ。

外を眺めながら俺は何気ない口調で、親父殿に本題を尋ねた。

「朝霞《アサカ》に少しだけ聞きました。面倒事が持ち込まれたみたいですね」

親父殿が目元を押し、書類を机に置き立ち上がる。

窓の近くへ向かい、将兵の前では決して出さない憂鬱そうな声を発せられた。

「……うむ。儂《わし》が臨京《リンケイ》を離れた後、宮中は妙な事態になっているらしい」

「と、言いますと？」

嫌な……とてつもなく嫌な予感がする。

確かに先の戦で俺達は猛将『赤狼《せきろう》』を敬陽《ケイヨウ》の地で討った。

『四狼《よんろう》』の一人を倒したのだ。『戦勝』と表しても良いのかもしれない。

──が。

その結果、【栄《エイ》】は大河以北の強大な敵軍に加え、寝返った【西冬《セイトウ》】方面にも前線を抱えることになっている。

大局的な見地からすれば情勢は明らかに悪化しているのだ。

『戦場で負けても、戦そのものでは負けぬ』

……前世で英風《エイフウ》が時折零《こぼ》していたな。

親父殿が両手を大袈裟《おおげさ》に広げ、皮肉混じりに『面倒事』の内容を教えてくれる。

「聞いて驚け──現在、廟堂《びょうどう》では西冬《セイトウ》侵攻が本気で協議されているそうだ」

俺はあんまりな話に自然と額へ手をやった。

……嘘《うそ》だろ、おい。

「正気、ですか？　今の時勢で親父殿が前線を離れれば、玄《ゲン》軍はこれ幸いと渡河を再開しますよ？　アダイは果敢かつ冷静に時勢を観察しています。股肱之臣《ここうのしん》だった『赤狼』を喪った後の動きで、そいつは十二分に実証されたと思うんですが……」

その少女の如《ごと》き容姿と信じ難《がた》き戦歴から【白鬼《はっき》】と畏怖される玄《ゲン》皇帝アダイ・ダダは、

敬陽《ケイヨウ》攻略の失敗を察知するや侵攻を中断。軍をあっさりと北へ戻した。

数で勝り、勇将、猛将、智謀《ちぼう》の士を数多《あまた》抱えながらも……舞い戻った張泰嵐《チョウタイラン》との直接対決はあくまでも避けたのだ。

その企図は、軍略という面で優れているとは決して言えない俺の目にも明らか。

『二正面作戦を強《し》いて張家軍《ちょうかぐん》をじわじわと弱らせる。決戦はその後』

アダイの軍才は王英風《オウエイフウ》に匹敵するか――下手すると勝っている。

朧気《おぼろげ》に残る記憶の中の英風《エイフウ》ならば、犠牲を伴ったとしても『赤槍騎《せきそうき》』を救ったろう。

「……いや」

親父殿は視線を俺と合わせ、自嘲された。

「儂と軍は『大河以北からの侵攻に備え、敬陽《ケイヨウ》に留まるべし。侵攻拠点は西冬《セイトウ》南部と国境を接する『安岩《アンガン》』とする』――だそうだ」

「はぁっ!?」

思わず大声が出てしまい、慌てて両手で押さえる。

呼吸を整え、俺は何度も首を振った。

「いやいやいや、あり得ないでしょう。そもそも侵攻自体が無理なんですが……それでも、一番敵を知っている将と軍を構想から外す？　じ、じゃあ侵攻の主力は」

「『禁軍《きんぐん》』だ。比較的平穏が続いている他地域から、実戦経験豊富な将兵も動員されるであろうがな」

「…………」

俺は目を見開き今度こそ絶句する。

『禁軍』とは皇帝直属の中央軍だ。

大河以北の回復――所謂《いわゆる》『北伐《ほくばつ》』を悲願とする親父殿は、今まで幾度となく増派を求めてきたが悉《ことごと》く退けられてきた。

なのに、この戦局下で虎の子の予備兵力を侵攻の為《ため》に用いるだって？

「……敢《あ》えて……敢えて言いますよ？」

頭痛を覚えながら、俺は親父殿へ素直な感想を述べる。

「この戦は負けます。必敗です」

栄《エイ》帝国の守護神たる稀代《きたい》の名将は腕組みをし、目線で先を促してきた。

黒髪を掻《か》き乱し、言葉を吐き出す。

「禁軍はこの数十年、まともな戦を経験していない筈です。七年前、親父殿が玄《ゲン》の大侵攻を防いだ大戦ですら碌《ろく》に戦っていないと聞いています。各国境を蛮族から守っている軍から将と精鋭を動員しても……勝てません。名高き【鳳翼《ほうよく》】殿や【虎牙《こが》】殿が加わってもです。あの半人半馬な連中は年がら年中、延々と戦い続けている連中なんですよ？　しかも、大運河で物資を運び込める敬陽《ケイヨウ》を使わずに安岩《アンガン》から侵攻？　陸路で兵站《へいたん》を維持すると？」

「分かっておる。老宰相閣下にもその旨《むね》を書いた意見書を都へ送った」

戦場において不敗を誇る名将は目に悲痛さを浮かべた。

……そうか、もう手遅れなのか。

「だが、止まるまい。【西冬《セイトウ》】が敵方に降《くだ》ったことによる戦局の変化を、主上は理解されておられる。侵攻案も事前に発案者の副宰相から聞かされていたのだろう。基本的には賛同されているようだ」

「……なるほど」

【双英】が仕えた煌《トウ》帝国初代皇帝は一代の英傑であり、優れた大局観を持っていた。

だが、大多数の『皇帝』にそれは求められないのだ。

大河以北を奪い、長年の友邦【西冬《セイトウ》】をも屈服させた超大国【玄《ゲン》】。

臨京《リンケイ》の皇帝はその恐怖に耐えられず、机上の空論でしかない侵攻案に賛同した。

両手を合わせ、意見を述べる。

「……【西冬《セイトウ》】の首府を落とすのは無理ですよ？　兵站が保てません。敵主力を野戦に引きずり出して叩《たた》き、前線を安定させるのが現実的なんじゃないでしょうか？」

「同意見だ。その為に臨京《リンケイ》の王明鈴《オウメイリン》殿へ遠征用糧食の手配を依頼していたのだがな……」

「明鈴《メイリン》にですか」

流石《さすが》は栄《エイ》帝国の守護神。密《ひそ》かに先の戦を見据えていたようだ。

またあいつに礼の書簡を送っておかないと。

「──隻影《セキエイ》」

「はっ！」

名を呼ばれ自然と背筋が伸び、俺は立ち上がった。

視線を合わすと、普段は凪《なぎ》の海のような親父殿の瞳には激情が見て取れた。

「老宰相閣下からの依頼だ。真《まこと》……真済まぬが……一隊を率いて西冬《セイトウ》征討軍に参陣してくれぬか？　侵攻に際し敵を良く知る者が必要だ。諸将の中には儂と旧知の間柄の者もおる。あ奴等が死せばっ」

さしもの【張護国《チョウごこく》】もそれ以上、言葉は続けられなかった。

張家《ちょうか》軍精鋭と謂《い》えども、禁軍だけでなく各辺境で実戦経験を積み重ねた将と兵を喪えば……栄《エイ》は滅びる。

この国に思い入れはそこまでないんだが、命を救ってもらった恩人にこんな顔をさせるわけにもいかないな。白玲《ハクレイ》の故国でもあるわけだし。

俺は出来る限り、軽い口調で返答する。

「分かりました。乗りかかった船ですしね。あ、白玲《ハクレイ》は外しても」

「貴方《あなた》は未《ま》だ『張《チョウ》』の姓を持っていないでしょう？」

「「！」」

幼馴染《おさななじみ》の少女が突然部屋に入って来た。着替えたらしく薄蒼《うすあお》基調の服装だ。

俺を、ギロリと睨《にら》みつけ、親父《おやじ》殿の前へと進み、両拳を合わせる。

「父上、その任、私と隻影《セキエイ》で立派に務めて御覧に入れます。万事お任せください」

蒼眼《そうがん》にあるのは不退転の意志。……駄目だ。

こうなった張白玲《チョウハクレイ》の考えを変える術《すべ》を俺は持っていない。

親父殿が黒髭をしごかれた。

「……隻影《セキエイ》」「了解です」

そこに込められていたのは『白玲《ハクレイ》を頼む』。言わずもがなだ。

十年前、処分を叫ぶ大人達を押し留《とど》め、俺を救ってくれた銀髪の少女の為なら命を懸けることなんか――白玲《ハクレイ》が微笑《ほほえ》んだ。

思わず後退《あとずさ》りしそうになるも、あっという間に距離を詰められる。

「(勝手にこんな大事な話を進めようとするなんて……怒りますよ?)」

「(も、もう、怒ってるじゃねぇかっ！　今回は本気でヤバイんだよっ‼)」

「(……バカですね。だからこそです。後でお説教です。覚悟して下さい)」

「(へーへー)」

結局、俺はこいつに敵《かな》わないのだ。

臨京《リンケイ》の明鈴《メイリン》に宮中の様子を探ってもらわないとな。

「……隻影《セキエイ》？　聴いてるんですか？」

「き、聴いてる、聴いてるってっ！」

白玲《ハクレイ》が更に俺へ詰め寄り、拗《す》ねた視線をぶつけてきたので必死に押し留める。

親父殿はそんな俺達の様子を眺め、嬉《うれ》しそうに表情を綻ばされている。

——入り口の呼び鈴が鳴った。

「入れ」「失礼致します」

親父殿から許可を得て、間髪入れず朝霞《アサカ》が部屋へ入ってきた。

優雅に一礼し、報告する。

「旦那様、御客様《おきゃくさま》がいらしています」

「来たか。内庭へ案内を頼む。茶の準備もな」

「畏《かしこ》まりました」

客？　今日、そんな予定はなかった筈だが。

親父殿が重々しく命じられる。

「白玲《ハクレイ》、隻影《セキエイ》も同席せよ。我が盟友、南軍元帥【鳳翼】徐秀鳳《ジョシュウホウ》を紹介しようぞ」

＊

内庭に設けられた屋根付きの会談場所で、椅子にも座らず親父殿を待っていたのは、濃い茶髪で緑色の軍服を身に着けているよく焼けた肌の偉丈夫《いじょうふ》と容姿の優れた青年だった。

あいつ、さっき掏摸《すり》を捕まえるのを手伝ってくれた奴《やつ》か？

隣の白玲《ハクレイ》をちらり、と見やると「やっぱり……」と呟《つぶや》いている。

俺が記憶を呼び起こしている中、偉丈夫――【鳳翼】徐秀鳳《ジョシュウホウ》は親父殿に気付き破顔した。

「おお！　泰嵐《タイラン》！」「来たなっ！　秀鳳《シュウホウ》！」

親父殿と西軍の猛将【虎牙】宇常虎《ウジョウコ》と並び称される勇将だ。

二人の偉丈夫はそのまま近づくと拳を合わせ、肩を叩き合った。

距離を離し、心底嬉しそうに徐《ジョ》将軍が大笑される。

「はっはっはっ！　何年ぶりだ？　活躍は『南師《ナンスイ》』まで聴こえているぞ。先の戦でも北の馬人共を追い払ったそうだな。大したものだ」

「未《いま》だ北伐の約束は果たせていないがな。そちらは御子息か？」

「うむ。飛鷹《ヒヨウ》」

「は、はいっ！」

頬を紅潮させた青年は緊張し切った様子で親父殿に敬礼した。

やや子供っぽいものの顔が良いせいか、絵になる。

「徐秀鳳《ジョシュウホウ》が一子、飛鷹《ヒヨウ》と申しますっ！　【護国】張《チョウ》将軍の御高名はかねがねっ‼　御目《おめ》にかかれて光栄ですっ‼」

親父殿の武名は栄《エイ》帝国南端に位置する『南師《ナンスイ》』にまで轟《とどろ》いているようだ。

思わずニヤニヤしていると、隣の白玲《ハクレイ》が肘で突いてきた。

『……変な顔しないでください』『し、してねぇよっ！』

俺達のやり取りに気付かず、親父殿は青年へ名乗る。

「泰嵐《タイラン》だ。おぬしの父とは餓鬼の頃からの知り合いでな。こ奴が南軍へ行くまでは毎晩のように酒を酌《く》み交わしておった」

「貴様は酔いつぶれると細君の話ばかりしていたな。今となっては懐《なつ》かしい……」

徐《ジョ》将軍は目を細め、上空を気持ち良さそうに飛ぶ鳥を眺めた。

髪と髭《ひげ》に混じる白いものが南方での苦労を偲《しの》ばせる。

親父殿が振り返り、大きな手で俺達を示した。

「紹介する。儂《わし》の自慢の娘と息子だ」

息子──……息子、か。

一滴たりとも血の繋《つな》がっていない孤児の俺をそう言ってくれるのか。

……親父殿はこれだから。

不覚にも胸を熱くしていると、白玲《ハクレイ》が優雅な動作で一礼した。

「張白玲《チョウハクレイ》と申します。徐《ジョ》将軍と飛鷹《ヒヨウ》殿とは幼い頃に敬陽《ケイヨウ》でお会いしたことが……」

「覚えているよ。何と美しくなったものか！　飛鷹《ヒヨウ》、お前もそう思うであろう？」

「は、はいっ！」

話を振られた青年は頬を更に上気させ、徐《ジョ》将軍の問いに頷《うなず》く。

どうやら、この二人は『銀髪蒼眼の女は災厄を呼ぶ』などという、黴《かび》の生えた言い伝えを信じてはいないようだ。

白玲《ハクレイ》が余所《よそ》行《い》きの笑みを浮かべたまま、俺を促した。

「ありがとうございます。貴方《あなた》の番ですよ？」

「お、おお」

一見普段通り、冷静沈着の態度ながら少しだけ自慢気な白玲《ハクレイ》が俺を促した。

お前が敬陽《ケイヨウ》どころか、栄《エイ》帝国でも指折りの美少女なのはよーく知っているっての！

俺は会釈《えしゃく》をし、ぎこちなく名乗った。

「隻影《セキエイ》です。えーっと……」

「知っておるよ。敬陽《ケイヨウ》を守り抜き、白玲《ハクレイ》嬢と共に『赤狼《せきろう》』を討った若き英雄殿であろう？

多少歳《とし》は喰《く》ったが耳はいいのだ。南は都のように雑音も多くないからな」

「は、はぁ」

白玲《ハクレイ》はともかく、親父殿と並び称される勇将が俺の名前を知って？

見やると、徐飛鷹《ジョヒヨウ》までもが俺へキラキラした瞳を向けてきている。ちょっとだけ怖い。

そんな俺へ白玲《ハクレイ》が再び肘打ちし、目配せしてきた。

『堂々としてください。英雄さん？』

こ、こいつ……俺が言い返せないのを良いことにっ。汚い、張白玲《チョウハクレイ》は本当に汚いっ！

そんな俺達の様子を観察されていた徐《ジョ》将軍は慈愛の表情を浮かべられた。

「叶《かな》うならば『白玲《ハクレイ》嬢を愚息の嫁に』と思っていたのだが……泰嵐《タイラン》、良き息子を持ったようだな」

「やらぬぞ？　座れ。南方からわざわざ秘密裡《ひみつり》に来たのだ。話があろう？　朝霞《アサカ》」

「畏まりました♪」

待機していた鳶《とび》茶髪の女官がすぐさま動き、お茶の準備を始める。

空気が和らぐ中、対面の椅子に腰かけるや否《いな》や徐飛鷹《ジョヒヨウ》が深々と俺達へ頭を下げてきた。

「張白玲《チョウハクレイ》殿！　張隻影《チョウセキエイ》殿！　先程は挨拶もせず、失礼致しましたっ‼」

「いえ、大丈夫ですよ」「お、おお」

そつなく答えた白玲《ハクレイ》に対し、俺は勢いに押され返答。

がばっ、と顔を上げ飛鷹《ヒヨウ》が両手を握り締める。

「恥ずかしながら……僕は未だ初陣《ういじん》を果たしていないのです。このような絶好の機会！　逃せはしません。どうか、御二方の武勲譚《たん》をお聞かせ願えないでしょうか？」

こいつ、育ちが良いな。

向上心に溢《あふ》れ、武門の名家に生まれながら謙虚。市場で見たように自分自身を鍛え、戦場に出ることに躊躇《ためら》いもなく——顔も整っているときた。

つまり、隣で黙考中の銀髪美少女に似ているんだ。話し始めたら、日が暮れるな。

俺は軽く肩を竦《すく》め、口を開いた。

「だってよ、白玲《ハクレイ》」「隻影《セキエイ》、話してあげてください」

「「っ！」」

至近距離で睨み合い、前髪が触れあう。

十年間ずっと一緒に過ごしてきたせいか、お互いの考えは手に取るように分かる。困ったもんだ。

徐《ジョ》将軍が碗《わん》を掲げられ、呵々大笑《かかたいしょう》された。

「はっはっはっ！　仲良きことは美しきこと。うむうむ。やはり、愚息が間に入る隙間は微塵《みじん》もなさそうだ」

「「〜〜っ」」

俺と白玲《ハクレイ》は慌てて距離を離し、腕組みをしてそっぽを向いた。

徐飛鷹《ジョヒヨウ》は不思議そうに小首を傾《かし》げ「——……ああ！　理解しました‼」両手を叩《たた》き、整った顔に邪気の無い笑みを浮かべた。こ、こいつ、何を勘違いしてっ⁉

親父殿と徐《ジョ》親子の生暖かい目線を受けながら、白玲《ハクレイ》がこれ見よがしに咳払《せきばら》いをした。

「こほん——父上。説明をお願い致します」

「そうだな。秀鳳《シュウホウ》」「うむ」

碗を卓に置いた徐《ジョ》将軍が居ずまいを正された。

一転して、空気が緊張感をはらむ。

「既に聞いていると思うが……近日中の西冬《セイトウ》侵攻が決定した。未《いま》だ廟堂《びょうどう》内で議論は行われているが、それは作戦内容についてのものだ。『玄《ゲン》の大軍は西冬《セイトウ》国内にいない』が前提とされている」

「……そうか」「──……」

親父殿《おやじ》は額を押さえられ、俺と白玲《ハクレイ》は静かにお茶を飲んだ。

淹《い》れ方は何時《いつ》も通りの筈《はず》なのだが……酷《ひど》く苦い。

一人、飛鷹《ヒヨウ》だけは瞳に戦意を漲《みなぎ》らせる中、徐《ジョ》将軍が具体的な兵数を挙げられる。

「主力は禁軍《きんぐん》の半数──約十万。そこに西軍と南軍から引き抜かれた約二万五千ずつ計五万が加わる。南からは私。西からは宇常虎《ウジョウコ》も参加する」

「そこまで具体的な兵数が出され、南方と西方を放り出し貴様と常虎《ジョウコ》まで出張《でば》る……何があろうとも………侵攻は止まらぬのだな？」

「ああ……林忠道《リンチュウドウ》に甘言を吹き込まれたやもしれぬが、あくまでも主上の御命令だ。致し方あるまい」

【護国《ごこく》】と【鳳翼《ほうよく》】が互いの諦念を共有する。厄介な事になった。

どうにかして、侵攻軍に参加するのは俺だけ――隣から極寒の冷気。

恐る恐る見やると、白玲《ハクレイ》が突き刺すような視線を向けてきていた。

「(な、何だよ?)」

「(……今、私をどうやって置いていくかを考えましたね?)」

「(か、考えてねーよ)」

「(考えてました。今晩、お説教の時間を延長します)」

「(余りにも理不尽が過ぎるっ⁉)」

御姫様の暴虐に呻《うめ》いていると、親父殿が口を開かれた。

「隻影《セキエイ》。先程儂に述べたお前の考えを述べよ。この場で忖度《そんたく》はいらぬ」

全員の視線が俺に集中する。……や、やりづれぇ。

茶を飲み干して気持ちを落ち着かせ、説明を開始する。

「……机上戦力だけなら、兵数差で押せるようにも思えますが」

敬陽《ケイヨウ》を陥落させる為《ため》、子飼いの忠臣『赤狼』を左遷したように見せかけ、【西冬《セイトウ》】を奪取させた白髪の敵皇帝の姿がぼんやりと脳裏に浮かび、俺は顔を顰《しか》める。

「相手は神算鬼謀《しんさんきぼう》のアダイです。侵攻情報も筒抜けでしょう。『四狼《よんろう》』の迎撃を受ける可能性は高いと考えます。親父殿か徐《ジョ》将軍が総指揮を執られるのならば野戦で敵軍主力に一撃を。現実的には『国境まで軍を進めての威嚇』が落としどころかと」

「……なるほど」「……凄《すご》い」

徐《ジョ》将軍が考え込まれ、飛鷹《ヒヨウ》ははっきりわかる程、興奮で声を震わせた。

俺の碗へ、ちょっと上機嫌になった白玲《ハクレイ》がお茶を注ぐ。

緑の軍服を正し、勇将が相好を崩した。

「張《チョウ》家の息子と娘が『赤狼』を討った、という話を聞いた時は半信半疑であったが――隻影《セキエイ》殿、嫁がいないのならばどうだ？　我が娘を貰《もら》ってくれぬか？」

「――……へっ？」「駄目だ」「駄目ですっ！」

間の抜けた俺の声を、親父殿と白玲《ハクレイ》が遮った。

幼馴染《おさななじみ》の少女に到《いた》っては、わざわざ椅子をくっつけてくる。

「秀鳳《シュウホウ》」

「ふっ……冗談だ。我が愛娘《まなむすめ》はまだ七歳。当分の間、誰にもやるつもりはない」

親父殿に応えられ、徐《ジョ》将軍は軽く頭を下げられた。

俺と白玲《ハクレイ》は突然のことに身体《からだ》を硬直させる。

目の前にいるのは数多《あまた》の武勲を積み上げられた本物の英傑なのだ。

「張隻影《チョウセキエイ》殿――貴重な助言に感謝する。前線と敵を知る者にどうしても話を聞いておきたかったのだ。南師を密《ひそ》かに抜け出し、遠路会いに来た甲斐《かい》があった」

徐《ジョ》将軍の深い茶の瞳が俺を捉える。

――かつての戦場や敬陽《ケイヨウ》攻防戦で見た強い強い覚悟。

「此度《こたび》の戦……私と宇常虎《ウジョウコ》が先陣を務めることになった。総指揮は副宰相の林忠道《リンチュウドウ》殿と聞いている。殆《ほとん》ど軍の指揮をしたことがない、な」

＊

「では、隻影《セキエイ》殿！　戦場話、真《まこと》に有難《ありがと》うございましたっ‼　山桃の酒も大変美味でした。今宵《こよい》はこれで失礼致します‼」

「……ああ、また明日な」

仰々しい挨拶に苦笑しながら、俺と色違いの寝間着を着こんだ徐飛鷹《ジョヒヨウ》を見送る。

意気揚々と部屋へ戻って行く十六歳の美青年は幾度か振り返り、何度も頭を下げ、やがて見えなくなった。あいつ、後ろ姿も絵になるな。

一人きりになった俺は自室で身体を伸ばした。

「ふひぃ～」

話をするのは嫌いじゃないが……疲れた。入浴中もずっと聞いてきやがったし。

今頃、親父殿と徐《ジョ》将軍は酒盛りでもしているんだろうか。

花瓶に活《い》けられた花をぼんやりと眺めていると、薄桃色の寝間着に着替え髪をおろした白玲《ハクレイ》が、さも当然であるかのように部屋へ入って来た。【白星《はくせい》】を抱えている。

「――来ました」

「ん？　おお～」

気怠《けだる》げに返す。

俺と白玲《ハクレイ》は十三歳まで同じ部屋で過ごしていた。その名残で、夜話をするのが習慣になっているのだ。

机上に置かれていた舶来品の硝子瓶《ガラスびん》や碗へジト目を向け、寝台に荒々しく座った白玲《ハクレイ》が詰《なじ》ってきた。

「……随分と楽しそうに徐《ジョ》家の長子殿と話をしていたようですね。私が頼んでも呑《の》ませてくれない山桃のお酒まで出すなんて……」

「お前に酒はまだ早い！　この前、酔っぱらったのを忘れたのかっ⁉　あと、飛鷹《ヒヨウ》は幼馴染なんだろ？　呼び方が他人行儀じゃねぇか？」

「小さい頃の話で殆ど覚えていませんし、『幼馴染』と言われても困ります」

髪をおろした白玲《ハクレイ》は幼さを前面に出し、剣を脇机に立てかけて身体を倒した。

……困ったお嬢様だ。

硝子の杯を棚からもう一つ取り出し薬缶《やかん》から水を入れていると、夜具に潜り込んだ少女が俺の名前を呼ぶ。

「隻影《セキエイ》」

「ん～？」

水を注ぎ終え、振り返る。

白玲《ハクレイ》は口元を隠して、俺へ綺麗《きれい》な蒼眼《そうがん》を向けていた。

「今回の件、貴方《あなた》はどう思っているんですか？」

「昼間説明したろ？　あとは、お前と同じだよ」

「……むぅ～」

上半身を起こし、子供のように頰を膨らませた少女が不満を表す。

俺から硝子杯を両手で受け取り、ぶつぶつと零《こぼ》した。

「そうやって……すぐはぐらかすんですから。偶《たま》にはきちんと言葉にして下さい。海よりも心の広い私だって限度というものがあるんですよ？」

「海よりも広い……？　そんな、張雪姫《チョウユキヒメ》を俺は知らない――待てっ！　枕を投げようとすんなっ！　酒瓶が倒れるだろうがっ‼」

「……ふんだっ」

片手で枕を手にした『雪姫《ユキヒメ》』という幼名の少女を窘《たしな》める。

俺は近くの椅子に腰かけ足を組み、深い溜《た》め息を吐《つ》いた。

「はぁ……御姫様はこれだから」

「貴方のせいです。で、どうなんですか？」

……もう少し酒を呑むべきだったかもしれない。

素面《しらふ》で向き合うには、少しばかり過酷な現実だ。

「まぁ――……臨京《リンケイ》で、戦じゃなく自分達の権力勢力争いに血眼《ちまなこ》を上げている連中が思っている程、楽な戦じゃないだろうな」

徐《ジョ》将軍の話によると、今回の侵攻作戦を発案したのは林忠道《リンチュウドウ》副宰相らしい。

以前、明鈴《メイリン》が話していた宮中の力関係を鑑《かんが》みるに、目的は政敵である老宰相に取って代わることだろう。

……最悪だっ。

硝子杯を動かすと、中身の水が揺れる。

「四つ牙象を模したでっかい投石器はお前も見ただろ？　俺達が攻めるのは、ああいう代物を作った連中の本国だ。油断すれば絶対に痛い目を見る」

『赤狼《せきろう》』が持ち込んだ、西冬《セイトウ》製の投石器は敬陽《ケイヨウ》に大きな被害を与えた。

あんな代物が戦場で大量に使われたら……。

「ええ。しかも、そこに【玄《ゲン》】の軍も加わるでしょうしね」

「『今はいない』──あいつ等は一度ならず二度、七曲山脈《ななまがりさんみゃく》を大軍で越えて来てるんだぞ？　馬鹿じゃない限り待ち構えてるだろうさ」

昼間、教えてもらった作戦の前提『西冬《セイトウ》国内に玄《ゲン》軍の姿無し』。馬鹿馬鹿しい。

下手すると、副宰相が奴等《やつら》の『鼠《ねずみ》』なんじゃないのか？

水を飲み干し、俺は脇机に碗《わん》を置いた。

「俺が知る限り、徐《ジョ》将軍は生涯不敗の勇将だ。が……中央でふんぞり返ってた副宰相様が出張って来て勝てるなら、親父殿は此処《ここ》まで苦労してない。敵に呑まれるのも危険だが、敵を侮《あなど》るのはもっとヤバい。──と、いうわけだから、お前は敬陽《ケイヨウ》で留守番をだな」

「三度目です。部隊編成は庭破《テイハ》に命じました。父上と礼厳《ライゲン》から許可はいただいています」

「なっ⁉」

俺は口をあんぐりと開けた。

い、何時の間に……。しかも、大河の『白鳳城《はくほうじょう》』に詰めている爺《じい》もかよっ⁉

白玲《ハクレイ》は寝台から降り、【白星】を手にして胸に抱えると宣言。


「私が貴方の背中を守ります。だから――貴方は私の背中を守って下さいね？」


月光と星灯《ほしあか》りが降り注ぎ、世界で一番美しい銀髪と蒼眼を輝かせた。

こんな幸せそうな顔をされたら咎《とが》められない。

頬杖《ほおづえ》をつき、首を振る。

「……どうして、好き好んでおっそろしい戦場に行きたがるんだか。飛鷹《ヒヨウ》もそうだが、お前もちょっと変だぞ？　地方文官を志望し、平和を愛する俺を少しは見習ってだな」

「ただ、その前に解決しておかなければならない問題が一つあるんです」

「おーい。話を聞けよー」

白玲《ハクレイ》は俺の忠告を無視し、深刻そうに零した。

先程までの様子は一変し、視線を彷徨《さまよ》わせ【白星】をぎゅっと抱きしめる。

「隻影《セキエイ》……あの、ですね…………」

「うん？　どうした？？」

席を立って幼馴染の少女へ近づき、顔を覗《のぞ》き込む。珍しく逡巡《しゅんじゅん》しているようだ。

辛抱強く答えを待っていると、白玲《ハクレイ》は意を決した様子で口を開いた。


「実は――……剣が抜けないんです」


「……はぁ？」

言葉の意味が理解出来ず、俺は首を傾《かし》げる。

すると、白玲《ハクレイ》が背伸びをして詰め寄ってきた。

「だ、だからぁ！　あ、貴方に託された【白星】が、何度試しても、どうしても抜けないんですっ！　そ、相談しようとは思ったんですよ？　でも……言い出せなくて」

「いやいや。そんなわけないだろ。ちょっと待ってろ」

俺は【黒星《こくせい》】を手にし――ゆっくりと抜き放った。

漆黒の剣身が月と星の光を吸い込み反射させ、天井や壁に幻想的な光を顕現させる。

煌《トウ》帝国の初代皇帝飛《ヒ》暁明《ギョウメイ》はこいつを見るのが好きだった。

鞘《さや》へ剣を納め、白玲《ハクレイ》に話しかける。

「抜けたが？　大体、グエンを討った時はお前だって普通に抜いてただろ？　何で今更抜

けなくなるんだよ？」

「し、知りませんよっ。貴方が怪我《けが》をした後、自分の部屋で何度も鞘から抜いてみようと思ったんです。でも、鍵がかかったみたいに抜けなくて……。で、でもっ！　か、返しませんからねっ！　この子は私のですっ‼」

白玲《ハクレイ》は【白星】を抱きかかえ、警戒するかのように身体《からだ》を小さくしている。

……何時《いつ》もは頭も切れるんだがなぁ。

俺は手を伸ばし、少女の頭をぽん、と軽く叩《たた》く。

「んなこと言わねーよ。取り敢《あ》えず、だ？　今ここで試してみようぜ。武器として使えないなら、他の武器を選ばないといけないしな。貸してみてくれ」

「……それは、そうですけど……そんなの絶対嫌ですし……」

白玲《ハクレイ》はちょっと泣きそうになりながら、剣を俺へ手渡してきた。

【黒星】と【白星】――一対合わせて【双星の天剣《てんけん》】。

『皇英峰《コウエイホウ》』の記憶が蘇《よみがえ》る。ああ、そうだったな。

灯《あか》りを手にして、白玲《ハクレイ》へ片目を瞑《つぶ》る。

「ちょっと付き合ってくれよ」

「え？　隻影《セキエイ》？？」

俺は双剣を腰に差し内庭へと出た。少女も後からついてくる。

灯りを柱にかけ、白玲《ハクレイ》へ手で距離を取るように指示。

目を閉じ、ふっ、と息を吐き――

「!?」

一気に【天剣】を抜き放ち舞う。

漆黒と純白の閃光《せんこう》が走り、時に離れ、時に交差する。

懐《なつ》かしい……とても懐かしい感覚だ。かつての『皇英峰《コウエイホウ》』も剣舞が誰よりも得意だった。

双剣を鞘へ納め、【白星】を白玲《ハクレイ》に投げ渡す。

「ほいよ。次はお前の番だぞ？　そいつはお前の剣なんだから」

「…………う～」

両手で受け取った少女は嬉《うれ》しそうに、悔しそうに呻《うめ》いた。

俺の傍《そば》までやって来たので、頷《うなず》く。

白玲《ハクレイ》は剣の柄に手をやり、

「――……え？」

明らかに緊張した様子で引き抜くと、【白星】は眩《まばゆ》い光と共に抜き放たれた。

庭にいたらしい黒い猫が驚いて飛び出し、抗議の鳴き声をあげ走り去る。

呆然《ぼうぜん》としている白玲《ハクレイ》の手から剣を取り鞘へ。

「抜けたなー。良かった、良かった。一件落着だ」

「ほ、本当に抜けなかったんですっ！　ほんとのほんとなんですっ‼　私は貴方に嘘《うそ》を絶対つきませんっ‼」

寝間着姿の少女は俺の胸に飛び込み、必死に訴えてきた。

薄手なこともあり体温を感じてしまう。心臓に悪い。

「分かった、分かった。使えるなら問題は解決！　だろ？」

「……そうですね……もしかして、隻影《セキエイ》が傍にいてくれたから……？」

頬を薄《う》っすら染め、ぶつぶつと呟《つぶや》き身体を揺らし、次いでジタバタ。

「は、白玲《ハクレイ》さん？」

「ひゃんっ！　……何ですか？」

心ここに非《あら》ずだった少女は字義通り跳び上がり、髪を弄《いじ》りながらそっぽを向いた。

ただし、耳は真っ赤だ。何かあったのか？

訝《いぶか》しく思いつつも、軽く左手を振る。

「いや……そろそろ自分の部屋へ帰って寝ろよ。明日から朝の鍛錬、再開すんだろ？」

「――……そう、でしたね」

普段の態度を取り戻した白玲《ハクレイ》は、俺の考えに同意した。

数歩進んで、両手を背に回しながら踵《きびす》を返し、美しく微笑《ほほえ》んだ。

「では、戻ります。貴方《あなた》も寝坊しないでくださいね？」

「善処はする。おやすみ、白玲《ハクレイ》」

「おやすみなさい、隻影《セキエイ》」

＊

「では、泰嵐《タイラン》。名残惜しいが」

「うむ、秀鳳《シュウホウ》。また、会おう」

屋敷《やしき》の正門前で、親父《おやじ》殿と徐《ジョ》将軍は固い握手を交わした。

五日間の滞在を終え、勇将は本拠地である『南師《ナンスイ》』へ帰られるのだ。

——戦の準備を整える為《ため》に。

将軍が先に通りを歩き出すと、徐飛鷹《ジョヒヨウ》が勢いよく俺達へ敬礼した。

羽織った外套《がいとう》と緑の軍服、腰に提げている剣が嫌味なくらい似合っている。

「張《チョウ》将軍！　隻影《セキエイ》殿！　白玲《ハクレイ》殿！　真《まこと》に有難《ありがと》うございましたっ‼　武芸には少しばかり自負もあったのですが……己の未熟さを痛感致しました。皆様の活躍を心に刻み、私も『徐《ジョ》家』の名を汚《けが》さぬよう、精進に努めていきたいと思います」

「秀鳳《シュウホウ》を頼むぞ」「お、おお」「頑張って下さい」

親父殿と白玲《ハクレイ》は鷹揚《おうよう》に頷き　俺は戸惑いつつ美青年に応える。これを邪気無しで言ってのけるのが凄《すご》い。

飛鷹《ヒヨウ》が俺へ近づき、瞳を輝かせながら囁《ささや》いてきた。

「（白玲《ハクレイ》殿との婚姻が決まりましたら真っ先にお報《しら》せください。南方最高の酒を贈らせていただきます！）」

「（っ！　お、お前なぁ……）」

「ではっ！　お元気でっ‼」

最後に幼い笑顔を残し、飛鷹《ヒヨウ》は徐《ジョ》将軍の後を追った。……妙に懐かれちまったな。

屋敷内に戻りながら素直に独白する。

「ちょっとばかり暑苦しいし、勘違いもするけれど……真面目で良い奴《やつ》ではあるんだよな。あんまり気張らないでほしいんだが」

「ええ。……で？　最後に何を話していたんですか？」

同意し白玲《ハクレイ》が目を細めてきた。俺は視線を泳がせる。

数週間前から、屋敷に住み着いた黒い猫がやって来て、足に纏《まと》わりついてきた。

「……な、何でもねーよ」

「嘘です。今、言葉を飲みこみましたよね？　さ、とっとと白状してください。碌《ろく》でもない話だとは思いますけど」

言えない。理由は自分でも分からないが、この話は言えない。

足元の猫を抱き上げ、前脚を動かす。

「き、気のせいだにゃー。白玲御嬢様《ハクレイおじょうさま》は考え過ぎなのにゃー」

「…………隻影《セキエイ》？」

「ひっ」

怒気を感じ、俺は猫を抱え直した。気持ち良いのか、ゴロゴロと喉を鳴らす。

後方で控えていた鳶《とび》茶髪の女官が心底楽しそうに両手を合わせる。

「うふふ♪　白玲《ハクレイ》御嬢様、徐飛鷹《ジョヒヨウ》様はおそらく――」

「あ、朝霞《アサカ》っ⁉」「…………」

慌てて言葉を遮ると、銀髪少女は無言のまま一歩俺へと詰め寄った。

猫だけが呑気《のんき》にきょとん、としている。

「白玲《ハクレイ》、隻影《セキエイ》」

親父殿が厳かに俺達の名前を呼んだ。猫を朝霞《アサカ》へ手渡し、背筋を伸ばす。

門前に誰かが来たらしく、鳶茶髪の女官はそのまま外へと出て行った。

「昨晩、秀鳳《シュウホウ》と諸作戦を最終的に検討した。……が、打開策を見つけることは出来なかった。昨晩届いた老宰相閣下の書簡によれば、兵站《へいたん》維持も大運河ではなく他の河川と陸路を使い、敬陽《ケイヨウ》はあくまでも『補助』と決したそうだ。閣下は最後まで強硬に反対されたようだがな。表向きの理由は『大々的に船を用いては敵に作戦がバレてしまう』『最前線の将兵に過度な負担をかける』、ということだが……真の理由は儂《わし》を本作戦に出来うる限り関与させぬ、北伐《ほくばつ》反対派の策謀であろう」

「っ！」「そいつはまた……」

ただでさえ成功するとは思えない侵攻作戦なのに、内部でそんなゴタゴタをしていたら、勝てるわけがない。

『戦場で何が起こるかは、天帝《てんてい》ですら分からない』としてもだ。

しかも、大運河を使わないで兵站線を構築するだと？

臨京《リンケイ》にいるお偉いさん達は『船』と『馬』で運べる物資量の差を本気で理解出来ていないらしい。

それとも、【西冬《セイトウ》】国内で略奪でもする気なのか？　数十年に亘《わた》る友邦国を？

……酷《ひど》い戦になりそうだ。

俺だけでなく親父殿と白玲《ハクレイ》も同じ気持ちだったようで表情を暗くしている。

【護国《ごこく》】張泰嵐《チョウタイラン》は何かを振り払うかのように、手を大きく振った。

「幸い未《いま》だ正式な命令書は受け取っておらん。今は部隊編成と物資蓄積を急げ」

「「はいっ！」」

「苦労をかけるが、頼む」

そう告げられると親父殿は屋敷内へ。……少しだけ寂しい背中だ。

白玲《ハクレイ》もやや不安そうに俺の左袖を摘まんでくる。

――想定される敵は未知。味方は数だけ多く、兵站線に不安あり。

親父殿や徐《ジョ》将軍ならともかく、俺に万を超える軍を手足の如《ごと》く指揮する能力はない。

その点、隣にいる少女は将来有望だがあくまでも未来の話だ。

大局を見通せる人材が……所謂《いわゆる》『軍師』が張《チョウ》家にいてくれたら。

「隻影《セキエイ》様」

客人の対応に当たっていた朝霞《アサカ》が戻って来た。左手で黒猫を、右手で書簡を持っている。

……嫌な予感。

対して、鳶茶髪の女官はニコニコ顔で差し出してきた。

「臨京《リンケイ》の王明鈴《オウメイリン》様からでございます」

「お、おう。あ、ありがとうな」「…………」

隣から発せられる冷気に声が震える。白玲《ハクレイ》は明鈴《メイリン》とは犬猿の仲なのだ。

受け取り、素早く目を走らせる。

——……何だって？

「隻影《セキエイ》、どうかしましたか？」「隻影《セキエイ》様？」

俺の表情が変わったのを見て取り、白玲《ハクレイ》と朝霞《アサカ》が問うてきた。

書簡を丁寧に畳み、端的に答える。

「静《シズカ》さんを連れて一度こっちへ来るってよ。名目は防備用物資搬入の視察と、俺に見せたい物があるらしい。あと、こいつは機密情報だが——廟堂《びょうどう》での最終会議が終わったそうだ。皇帝陛下は『西冬侵攻《セイトウ》』の詔《みことのり》を発した。もう何があっても止まらない」

「…………」「……剣呑《けんのん》でございますね」

白玲《ハクレイ》は俺の左袖を強く握りしめ、普段飄々《ひょうひょう》としている朝霞《アサカ》も顔を歪《ゆが》ませた。

……確かに剣呑だ。

恐るべき敵皇帝【白鬼《はっき》】アダイ・ダダがこの報を手に入れた時、いったいどう出るか。

空を仰ぐと、北へ向け巨大な白鷲《しろわし》が飛んで行くのが見えた。

＊

「偉大なる【天狼《てんろう》】の御子、アダイ皇帝陛下！　ご尊顔を拝し、恐悦至極に存知奉《たてまつ》ります。『灰狼《かいろう》』セウル・バト、北の蛮族共を討滅し、ただいま帰還致しました！！！！」

玄《ゲン》帝国首府『燕京《エンケイ》』。

臨京《リンケイ》と並ぶ巨大都市の北に建設された皇宮。その最奥《さいおう》に造られた私的な小庭に溌剌《はつらつ》とした声が響き渡った。小鳥達が驚き飛び立っていく。

私――玄《ゲン》帝国皇帝アダイ・ダダは、齢《よわい》二十四でありながら『四狼《よんろう》』の一人に任じた青年武将を窘《たしな》める。

「セウル、そう畏《かしこ》まってくれるな。此処《ここ》には私とお前達しかおらぬ。無事の帰還を喜ばしく思う。座れ」

「はっ！」

灰髪長身で世の女が放ってはおかぬ美形でもあるセウルは、きびきびとした様子で私の前の椅子に腰かけた。灰色基調の軍装が音を立てる。

長い白髪に華奢《きゃしゃ》な肢体である、女子の如き容姿の私とは正反対だな。

内々にそんな考えを弄びつつ、セウルの後ろで直立不動している、無骨な大剣を背負う黒髪で眼光鋭き巨軀《きょく》の男——玄《ゲン》帝国最強の勇士【黒刃《こくじん》】ギセンにも座るよう指示を出す。

が、感謝の意を目で示され固辞してきた。

たとえ皇帝の命であろうとも、亡《な》き上官の忘れ形見であるセウル・バトの副将兼後見人として『護衛』の任は譲れぬ、というわけか。

私は皇宮であっても帯剣を許可している、左頬に深い刀傷を持つ頑固な勇士を好ましく思いつつ、青年武将へと向き直った。

「グエンのこと、聞いているな？」

名を出すと、胸が微《かす》かに痛む。

敗死したとはいえ『赤狼《せきろう》』グエン・ギュイは真の忠臣であった。【西冬《セイトウ》】を短期間で属国化出来たのはあ奴の功だ。

沈んだ声をセウルが発する。

「……はい。未だ信じられません。よもや、あの男が戦場で敗れるなぞと」

「私も同じ想《おも》いだ。忠義一途が災いしたのかもしれぬ。……惜しい者を亡くした」

グエンは猛将と喧伝《けんでん》されていたが、大局を見る目を持っていた。

『敬陽《ケイヨウ》に固執せず、大河沿いの敵軍後方を突くべし』

我が命の意味を違《たが》えたわけではあるまい。

――それを違えたとしても、討つべき相手がいたのだ。

青年武将が畏怖混じりの呟《つぶや》きを零《こぼ》す。

「やはり、討ったのは張泰嵐《チョウタイラン》なのでしょうか……？」

「いや」

頭を振り、闇に潜む密偵組織『千狐《せんこ》』より得た情報を告げる。

「相手は張泰嵐《チョウタイラン》の娘と息子だったそうだ。名は張白玲《チョウハクレイ》と張隻影《チョウセキエイ》。歳《とし》は十六」

セウルが目を見開き、壮年の男はほんの微かに目を細めた。

信じられないのであろう。当初は私とて信じられなかったのだ、さもありなん。

グエンを兄のように慕っていた青年武将が椅子から立ち上がって片膝をつき、両拳を合わせた。後方のギセンもすぐさま追随する。

「陛下！　お願いがございます。臣に敬陽《ケイヨウ》攻略をお命じ下さいっ！　我が大剣をもって、難敵を打ち破って御覧にいれます‼」

「セウルよ。お前のその心根は何時《いつ》も清々《すがすが》しく、好ましい。――が」

私は今朝方届いた密書の内容を思い出し、ほくそ笑んだ。

「南の『鼠《ねずみ》』から報《しら》せが届いた。彼奴等《きゃつら》は西冬《セイトウ》侵攻を正式に決定したそうだ」

「なんと！　では、張泰嵐《チョウタイラン》も……」

七年前、戦場で鬼神の如き奮戦を見せた敵将の姿を思い出す。

栄《エイ》帝国で真《まこと》に恐るべき者はあの男と張家軍のみ。

まともに戦う必要はない。『虎』は弱らせて狩るに限る。

私は席を立ち、女子のように細い手を伸ばす。

「奴《やつ》は敬陽《ケイヨウ》に留まる。そのように『工作』した。戦場へやって来るのは【鳳翼《ほうよく》】と【虎牙《こが》】の二将とその軍。そして――」

陽光の中、小鳥が舞い降り、私の手に止まった。

セウルが感動した面持ちで私を見つめている。

「数だけは多いが、大半は戦を知らぬ『羊』共だ。我等の敵ではない。それでも張泰嵐《チョウタイラン》という『虎』に率いられれば厄介な存在に変わろう。数少ない栄《エイ》の良将ごと、ここで悉《ことごと》く刈り取っておくとしよう」

嗚呼《ああ》……張泰嵐《チョウタイラン》。張泰嵐《チョウタイラン》よ。

お前は強い。英峰《エイホウ》程でないにせよ強過ぎる。英傑と言っても良かろう。

だが、人とは敵だけでなく、強大な味方に対しても恐怖を感じる愚かな生き物なのだ。

勝てば勝つ程、私が南の偽帝の宮中に忍ばせた『毒』が回っていこう。

進退窮《きわ》まった時、英峰《エイホウ》と異なり【天剣《てんけん》】を持たぬお前は……どうするのだろうな？

私は瞑目《めいもく》し、平伏《ひれふ》している青年武将へと向き直った。

「『灰狼』セウル・バト」

「はっ！」

天下は必ず統一されねばならぬ。

それこそが——千年後の世界に再び生を受けた私の天命なのだから。

「汝《なんじ》に命ずる。『灰槍騎《かいそうき》』を率いて【西冬《セイトウ》】へと向かい『千算《せんさん》』軍師ハショの指揮に入り、不遜にも我が友邦を蹂躙《じゅうりん》せんとする賊軍を殲滅《せんめつ》せよっ！　グエンは艱難辛苦《かんなんしんく》に耐え彼《か》の国への路《みち》を整備し、遺《のこ》してくれた。大森林と七曲山脈《ななまがりさんみゃく》は最早《もはや》妨げにはならぬ」

「御意っ！！！！　誓って戦果をっ！！！！！」

頰を紅潮させ、セウルは新型の胸甲を叩《たた》いた。

グエンの部下が齎《もたら》した戦訓によれば、西冬《セイトウ》製金属鎧《きんぞくがい》は防御性能に優れるも、機動性を大きく損なうという。そこで、まずは各将向けとして新たに試作させたのだ。並の武具ならば十分な抗堪性《こうたんせい》を期待出来よう。

——全てを断ち切る【天剣】は未だ見つかっていないのだから。

ふと、グエンを討ったという張泰嵐《チョウタイラン》の娘と息子の件が脳裏をよぎった。丁度良い。

小鳥を空へ放ち、私は訓告した。

「その意気や良し。だが、決して油断はしてくれるなよ？　『戦場で何が起こるかは、天帝《てんてい》だって分からない』。煌帝国《トウ》大将軍皇英峰《コウエイホウ》の言葉を忘れることなかれ。私は天下を統一するその日まで、二度と『狼《おおかみ》』を喪《うしな》いたくはないのだ。それと——ギセンよ、もし張家軍が参陣した場合、張泰嵐《チョウタイラン》の娘と息子も姿を現すかもしれぬ。その場合、奴等《やつら》の力量を見極め、討て。虎の子は幼い内に殺すに限る」

第二章

「隻影様《セキエイ》！　発射準備整いました‼」

敬陽《ケイヨウ》西方に広がる草原地帯に、鎧兜《よろいかぶと》を身に着けた庭破《テイハ》の声が響き渡る。

前方には四つ牙象を模した投石器が設置され、数十名の兵達が待機中。

西冬《セイトウ》侵攻なんていう、憂鬱な計画を聞かされて数日。

先の戦で鹵獲《ろかく》された西冬《セイトウ》製投石器の一台がようやく修復され、今日は試射を行う予定なのだ。

なお、珍しく白玲《ハクレイ》はこの場にいない。

一時的に最前線へ赴かれた親父《おやじ》殿の名代として臨京《リンケイ》からの客人——王明鈴《オウメイリン》を迎える為《ため》、屋敷《やしき》に残っている。あいつ等《ら》、喧嘩《けんか》してねぇだろうな。

俺は黒馬『絶影《ぜつえい》』の首を撫《な》でて気持ちを落ち着かせ、庭破《テイハ》へ応じた。

「了解だ。お前等も有難《ありがと》うな」

続けて兵士達へ労《ねぎら》いの言葉をかけると、三々五々答えてくる。

「いいんですよ」「俺達もかなり気になってたんで」「ま、若の頼みだしなぁ」「それはそれとして」「白玲《ハクレイ》様はどうされたんですか?」「喧嘩されたんですかっ⁉」「早めに謝った方が良いですよ?」こいつ等。

「あのなぁ……俺達だって年がら年中一緒にいるわけじゃねえんだって。さっさと試射するぞ! 庭破《ティハ》」

「はっ!」

青年士官が大槌《おおづち》を持ち、兵達は馬を連れて安全な後方へと下がっていく。

投石器の発射台に載っているのは、これまた鹵獲された丸い金属球。

玄《ゲン》の連中は放つ前に球を焼いていたようだが、草原を焼野原には出来ない。射程距離と威力を把握出来るだけでも、今後の戦いに役立つだろう。

俺は緊張している庭破《ティハ》へ鋭く命じた。

「撃てっ!」

瞬間——青年士官は発射台を支えていた木を大槌で打つ。

直後、四つ牙象の鼻を模した発射台上部がクルリと半回転。

金属球は放物線を描き、

『⁉』

前方の小さな丘を軽々と飛び越え、轟音《ごうおん》と共に着弾した。土煙が舞い上がる。

庭破《テイハ》と兵達が呻《うめ》き、馬達も激しく嘶《いなな》いた。

俺も想像以上の威力に顔を顰《しか》める。

「敬陽《ケイヨウ》の被害状況を見て理解したつもりになってたが……近くで確認するぞ。庭破《テイハ》と気になる奴はついて来い！　残りの者は第二射の用意をしてくれ」

そう告げ、一切動揺していない愛馬に跨《また》がり皆へ命じる。

西冬《セイトウ》製兵器の威力に驚愕《きょうがく》していた庭破《テイハ》が我に返り、俺へ叫ぶ。

「せ、隻影《セキエイ》様っ！　お、お待ちくださいっ‼」

青年士官を置き去りにし愛馬を疾走させる。黒髪を靡《なび》かせる風が心地好い。

見る見る内に小さな丘が近づいて来る中、馬の駆ける音。

「ん？」

後方を見やると、俺に喰《く》らいつき先頭を走っていたのは外套《がいとう》を羽織り、青い帽子を被《かぶ》っている少女だった。

——見間違えようがない、青い紐《ひも》で軽く結わえた長い金髪と右目の翠眼《すいがん》。

敬陽《ケイヨウ》の小路で出会った『瑠璃《ルリ》』だ。

「へぇ……」

只者《ただもの》じゃない、とは思っていたが、庭破《テイハ》や熟練兵よりも速いとは大したもんだ。

感嘆しつつ丘を乗り越えた所で、馬を止めて皆の到着を待つ。

やって来た少女を称賛する。

「やるなぁ。で？　どうしてお前さんは此処《ここ》に？」

「義勇兵に応募した――……しました。工兵です」

使い慣れていない敬語で答えが返ってきた。

慢性的な兵力不足に苛《さいな》まされている張《チョウ》家は常に兵を募集している。

西冬《セイトウ》侵攻が近い中、これ程の馬術に加え工兵としての技術を持っていれば選ばれるのも当然だが、違和感を覚える。

……こいつは戦を嫌っているんじゃなかったのか？

俺が少女へ話しかけようとしていると、庭破《テイハ》が荒い息をしながら追いついてきた。

「はぁはぁはぁ……隻影《セキエイ》様っ！　い、いきなり、馬を駆けさせるのはお止めください。貴方《あなた》様に何かあれば、私は張《チョウ》将軍と白玲《ハクレイ》様に申し訳が立ちませんっ‼」

馬を寄せ、青年武将が必死に訴えてくる。爺《じい》が俺へ小言をいう時とそっくりだ。

そんな俺達を置いて少女は馬を進め、着弾地点へ近づいていく。聞きそびれたか。

「悪かった、悪かったって。そう怒るなよ。さぁ——本題だ」

庭破《ティハ》へ謝り、俺も愛馬の上から着弾地点を見る。

兵達が覗《のぞ》き込むそこには大人の男が軽く入れる程度の大穴が穿《うが》たれていた。

心底からの畏怖を庭破《ティハ》が零《こぼ》す。

「これは余りにも……」「ああ」

こんな代物が大量に投入されれば……。

金髪少女がやって来た兵に声をかけ、縄で穴の深さを測っているのを見ながら、俺は静かに青年武将へ問うた。

「捕虜の話だと攻城用兵器らしいが、西冬《セイトウ》本国では防御用としても使われているだろうな。金属鎧だけでも厄介だってのに……。庭破《ティハ》、詳細な敵情は何か入って来ているか？」

前方には和気藹々《わきあいあい》と作業をしている兵達の姿。

……こいつ等を異国の地で殺すわけにはいかない。庭破《ティハ》が沈痛な面持ちになった。

「先の戦以降は殆《ほとん》ど入って来ていません。密偵網が一掃されたものと思われます。張《チョウ》将軍が持たれている機密情報頼りになるかと……先日の男達は御報告した通り、西冬《セイトウ》から逃げ出した者でした」

情報が……正確な情報が欲しいっ。

ただでさえ、碌《ろく》でもない侵攻作戦なのに敵情すら不明なのは最悪に過ぎる。

親父殿なら多少は知って――

「首府の『蘭陽《ランヨウ》』だけでなく各都市にも兵器の配備は進められている……います」

突然、戻って来た瑠璃《ルリ》が会話に加わってきた。手には筆と巻物を持っている。

俺は馬首を向け、片目を瞑《つぶ》った。

「俺には敬語なんか使わなくていいぞ。白玲《ハクレイ》は要相談だが。兵器の話、本当か？」

「……嘘《うそ》は言わないわ。数や大きさは異なっても、西冬《セイトウ》では一般的な兵器よ」

金髪少女は戸惑ったように目を瞬《しばたた》かせ、筆を仕舞った。

瞳には確かな自信が宿っている。嘘は吐《つ》いていない、か。

庭破《ティハ》がやや硬い声で疑問を示す。

「どうしてそんなことを知っている？　確か……瑠璃《ルリ》、だったな？」

「私は【西冬《セイトウ》】で育ったの。あと『観察』は私の習慣。……悪い？」

「…………」

俺と庭破《ティハ》は思わず顔を見合わせる。

まさか、こんな近くに敵地の貴重な『情報』を持っている人間がいようとはっ！

加えて、こいつの『観察眼』――明らかに常人のそれとは異なる。

普通の奴《やつ》は兵器の数や大きさを気になどしないのだ。

そう言えば、英風《エイフウ》の奴もこの手の習慣を持っていたな。

畏友の特技を思い出し、俺は上機嫌になりながら、少女へ話しかけた。

「貴重な情報、感謝する。それと悪いんだが——もう一つ教えてくれ。ああ、こいつはお前の直感で構わない」

「……何？」

巻き物を鞍《くら》に括《くく》りつけた革袋へ仕舞い、少女は警戒も露《あら》わに隠れていない右目を細めた。

俺はそんな態度を気にも留めず、着弾地点を指差す。

「こいつが野戦で使用される可能性、あると思うか？」

「…………」

少女は風で靡く金の前髪を押さえた。

俺としっかり両目を合わせ——静かに自分の考えを教えてくれる。

そこにあるのは、王明鈴《オウメイリン》や張白玲《チョウハクレイ》に匹敵するか、それ以上の知性の輝き。

「否定は出来ないわ。史書に記された例は少ないけれど……零《ゼロ》じゃない。古《いにしえ》の【双星】と争った業国《ギョウコク》の【餓狼《がろう》】が有名ね。大兵を用いれば運搬することは決して不可能じゃないし、何より玄《ゲン》軍は一度敬陽《ケイヨウ》に持ち込んでいるのよ？　二度目がないと誰が言えるの？」

内心で舌を巻く。言われてみれば確かにそうだ。

前世の俺と英風《エイフウ》を散々苦しめた謀将は野戦で投石器を用い、混乱を齎《もたら》した。

……古の故事をすらすらと諳《そら》んじる、こいつはいったい何者なんだ？

俺は謎多き少女の正体に畏怖を覚えつつ、軽く頭を下げた。

「なるほどなぁ……有難う、参考になった。また色々教えてくれ。馬術の腕も大したもんだ。白玲《ハクレイ》に会わせたいし、うちの屋敷へ来ないか？」

「――……第二射を手伝いますので、これで失礼します」

少女はわざとらしく敬語に戻すと、馬を駆けさせ戻っていった。庭破《テイハ》へ目配せ。

青年武将は懐《ふところ》から氏名や簡単な情報を書き記した帳面を取り出し、頁《ページ》を捲《めく》り出す。

馬の駆ける音が微《かす》かに聴こえる。

「あの者は、つい先日の義勇兵徴募組です。歳《とし》は十五。馬術だけでなく弓術も優秀だったのですが……あれ程の見識を有していようとは。何か気になることがおありで？」

「ちょっとな。白玲《ハクレイ》付きにしておいてくれ」

「了解しました！」

「それとだ」

俺は自分を納得させると、銀貨の入った小さな革袋を庭破《テイハ》へ押し付けた。

驚いている生真面目《きまじめ》な男の肩を叩《たた》く。

「今日は御苦労だった。そろそろ戻らないと一人で客人の相手をしている白玲《ハクレイ》が怒るから、俺は先に戻らせてもらう。後数回、試射したら撤収、その後は兵達に美味《うま》い飯と酒を御馳《ごち》走《そう》してやってくれ。勿論《もちろん》――お前もな。詳細な報告は明日でいい」

「はっ！　有難《ありがと》うございますっ‼」

分かり易《やす》く感動しながら、庭破《テイハ》は見事な敬礼。

兵達を統率し投石器へ戻って行く。数ヶ月前とは別人だ。

「あらあら、隻影《セキエイ》様♪　大人になられましたね」

入れ替わりで、馬を駆って来た鳶《とび》茶髪の女官――朝霞《アサカ》が騎乗したままニコニコ顔で俺を、褒めてくる。

俺は口元に右手の人差し指を置いた。

「白玲《ハクレイ》には内緒だぞ？　バレたら財布まで握られそうだ。で、どうしたんだ？？　お前がこんな所まで来るなんて珍しい――……て、庭破《テイハ》ぁー。お、俺も一緒にぃー」

俺は緊急事態――張白玲《チョウハクレイ》と王明鈴《オウメイリン》の激突を幻視し、さっきまでいた青年武将を慌てて呼び止めようとした。

「うふふ～隻影《セキエイ》様ぁ？　逃がしませんよぉ」

ひらり、と馬を寄せて来た女官が右腕の関節をきめてきた。

張《チョウ》家に仕えてくれている者は皆、何かしらの武芸を修めている。

まして、白玲《ハクレイ》付き女官である朝霞《アサカ》ともなれば……必死に抵抗するも、まるで動かないっ。

「は、離せっ！　離してくれ、朝霞《アサカ》っ！　後生だっ‼　俺には謎の金髪少女を勧誘して、兵達と親睦を深めるっていう大事な任務が――」

「先程、臨京《リンケイ》より王明鈴《オウメイリン》様と従者の静《シズカ》様が到着されました。こちら、白玲《ハクレイ》御嬢様《おじょうさま》と明鈴《メイリン》御嬢様からとなります」

鳶茶髪の女官は恭《うやうや》しく紙片を差し出してきた。

俺は嫌々ながらそれを受け取り、覗き込む。

『とっとと戻って来い』『旦那様！　来ちゃいましたぁ』

……うへぇ。

冷たく怒る白玲《ハクレイ》と心底嬉《うれ》しそうな明鈴《メイリン》、という正反対な少女達の顔が脳裏に浮かび、頭を抱えそうになる。

朝霞《アサカ》が両手を合わせ、催促してきた。

「隻影《セキエイ》様、人には立ち向かわなければならない時がございますれば。お早く★」

「…………ハイ」

肩を落とし、力なく首肯する。

愛馬が俺を励ますかのように嘶《いなな》いた。

*

「だ・か・ら・ぁ～！　何で貴女《あなた》がその剣を持っているんですかっ‼　それは私が探し出したんですよっ⁉　とっとと返してください！」

「御断りします。この剣は隻影《セキエイ》が私に託してくれた物なので」

「「っ‼」」

張《チョウ》家屋敷《やしき》の内庭で俺が目にしたのは、丸机前で言い争い睨《にら》み合う美少女達だった。

一人は帽子から覗かせる二つ結びにした栗《くり》茶髪で、橙《だいだい》基調の服に身を包んでいる。相対する少女と比べて背は低いが、双丘は豊かだ。

もう一人は長い銀髪を緋色の紐《ひも》で結い上げた蒼眼《そうがん》。礼服に身を包み、【白星《はくせい》】を腰に提げ、瞳には猛吹雪が吹き荒れている。

少女達の背後に猛《たけ》る龍虎が見えるのは幻覚か。

他でもない――王明鈴《オウメイリン》と張白玲《チョウハクレイ》だ。

「…………」

これは無理だな、うん。無理無理。

俺は即座に撤退を選択し、屋敷へ戻ろうと踵《きびす》を返した。

触らぬ麒麟児《きりんじ》達に祟《たた》り無し。負け戦に突っ込む馬鹿が何処《どこ》にいるのか。自室から持って来た明鈴《メイリン》への礼は後で渡せばいい。

「隻影《セキエイ》様、ではお願い致します」

そんな俺の前に、長い黒髪で黒白《こくびゃく》基調の装束を身に纏《まと》った美女――明鈴《メイリン》の従者である静《シズカ》さんが立ち塞《ふさ》がった。朝霞《アサカ》も口元に手をやってニマニマしている。くっ！

俺は白玲《ハクレイ》達に聴こえぬよう、小声で懇願した。

「し、静《シズカ》さん、あの場へ行くのは流石《さすが》に……い、命がっ、命がっ！」

「大丈夫でございます」「私達はお茶を淹《い》れて参りますので、ささお早く～」

「ううう……」

あっさり押し切られてしまい、俺はとぼとぼと内庭へ足を踏み入れた。

一歩一歩進む毎《ごと》に身体《からだ》が震える。嗚呼《ああ》！　どうして俺がこんな目にっ‼

足音に気付いたのだろう。

睨み合っていた二人の美少女が気づき、整った顔を同時に向けてくる。

「「…………」」

「あ～……た、ただいま？」

気圧《けお》されながらも、左手を挙げる。

すると、銀髪少女が近寄って来て俺の背中へ回り込み、顔を出して要求してきた。

「隻影《セキエイ》、この分からず屋に言ってあげてください。『【白星】は張隻影《チョウセキエイ》が張白玲《チョウハクレイ》に渡した物だ』と。さぁ、は・や・く！」

「お、落ち着けって。幾ら人払いしていても、お前の声はよく通るんだぞ？」

「う～」

白玲《ハクレイ》は不満そうに唸《うな》り、唇を尖《とが》らせた。

余程不満に思っているのか、『張《チョウ》家御令嬢』の顔が剥がれかかっている。

俺が両手で銀髪の美少女を押し留《とど》めていると、真摯な声で名前を呼ばれた。

「隻影《セキエイ》様」

「「？」」

振り向くと両手を合わせ明鈴《メイリン》が、深々と頭を下げていた。

ただならぬ雰囲気に思わず俺と白玲《ハクレイ》の背筋が伸びる。

「先の戦における御活躍、聞き及んでおります。玄《ゲン》帝国の猛将『赤狼《せきろう》』を討たれたこと、遅くなりましたが心より慶賀致します。――……ですが、何よりも」

少女がゆっくりと顔を上げた。

その瞳は潤み、強い心配が見て取れる。

「貴方《あなた》様が御無事で本当に良かったです。……もう、お怪我《けが》は大丈夫なのですね？　周りの人々に気を遣い、無理をされているわけではないのですね？？」

「お、おお。この通り、もうすっかり治った。心配かけたみたいだな……すまん。手紙に書いたが親父《おやじ》殿達を運んでくれた件、本当に助かった。有難う」

多少ドキマギしながら俺は左手を振って素直に謝罪すると共に、礼を口にした。

この一つ年上の少女が、臨京《リンケイ》に滞在していた親父殿と精鋭部隊を敬陽《ケイヨウ》まで風に左右されない外輪船で運んでくれなかったら、今頃どうなっていたか……。

明鈴《メイリン》はふんわりとした微笑《ほほえ》みを浮かべた。

「いえ、御役に立てて嬉しいです。あ――そうでした。少しお耳に入れておきたいことと、相談したいことがあるんです。此方《こちら》へ」

「うん？　どうした？？」「………」

小首を傾《かし》げ、俺は年上の少女に近づいた。白玲《ハクレイ》に睨まれているが後回しだ。

俺と明鈴《メイリン》にはかなり身長差があるので、少し膝を曲げると――

「えへへ～♪　隻・影・様ぁ～☆」


勢いよく明鈴《メイリン》が抱き着いてきた。

弾みで少女の帽子が吹き飛び、宙高く舞う。

「うおっ⁉」「甘いです！」

気を抜いていた俺に対し白玲《ハクレイ》が立ちはだかり、明鈴《メイリン》を脇に抱えた。

そして、流れるような動作で近くの長椅子へと放り投げる。

「むぎゅ」

柔らかい大きな枕に顔と小さな身体を埋もれさせた少女が、変な声を出した。

白玲《ハクレイ》が目を細め、冷たく俺を咎《とが》める。

「油断大敵！」

……不可抗力だと思う。

頬を掻《か》いていると明鈴《メイリン》が、がばっと顔を上げ、悔しそうにジタバタした。

「くっ……完全に隙をついたと思ったのにぃ～！　そこの冷静を装《よそお》っているけれど、本当は隻影《セキエイ》様を独占したいと思っている御嬢様！　私の邪魔をしないでくださいっ‼　貴女はず〜っと独占していたんだから、抱きつくくらい良いじゃないですかっ！！！！　減るもんじゃなしぃ〜」

さっきまでの聡明《そうめい》な王明鈴《オウメイリン》は何処へ……？

若干呆《あき》れていると、白玲《ハクレイ》が腕を組んだ。

「思い込みも甚だしいですね。要求は当然却下します」

「うう〜！」

明鈴《メイリン》は唸り枕を抱きかかえ、拗《す》ねた表情になった。

……こうして見ると、年上には見えないんだよなぁ。苦笑し、白玲《ハクレイ》へ片目を瞑《つぶ》る。

すると、幼馴染《おさななじみ》の少女は得心しながらも不満を表に出した。

「……まぁ」

「？」

降って来た帽子を手に取り、栗茶髪の少女に被《かぶ》らせる。

大きな瞳を覗《のぞ》き込み、ニヤリ。

「よく来た。今回は大運河で水賊に遭遇しなかったみたいだな」

「――……はい♪」

薄《う》っすら染まった頰に両手を当て、明鈴《メイリン》がはにかんだ。

それを見て白玲《ハクレイ》はこれ見よがしに銀髪を払い、俺へ告げてくる。

「少し席を外します。……そこの王明鈴《オウメイリン》さんに見せたいものがあるので。私がいないからって、変なことしないでくださいね？」

「す、するかよっ！」「えっ!?　しないんですかぁ？」

「…………」

対照的な反応を示した俺達を無視し、白玲《ハクレイ》は屋敷へと戻って行った。

『明鈴《メイリン》に見せたいもの』ねぇ……。いったい何なんだか。

近くの椅子に腰かけ、俺は明鈴《メイリン》へ深々と頭を下げた。

「改めて――親父殿達と白玲《ハクレイ》を船で運んでくれた件、心から礼を言う。お前が決断してくれなかったら敬陽《ケイヨウ》は間違いなく落ちていた」

「未来の旦那様を助けるのは妻の務めです。お気になさらず」

綺麗《きれい》な笑みに、不覚にもドキリ、とする。時々大人びた表情になるんだよな。

そんな俺の内心に気付かず、少女は頰を膨らませる。

「で・もぉ？　【天剣《てんけん》】の話は別ですっ！　……隻影様《セキエイ》」

「お、おう？」

戦場でも滅多に感じない圧力を覚え、俺は腰が退《ひ》ける。

空気を読まず、近くの茂みから黒猫が出て来て、俺の膝上に飛び乗り丸くなった。

明鈴《メイリン》はそんな猫を一瞬羨ましそうに見た後、小さな手を握り締め主張する。

「貴方様は臨京《リンケイ》で私に仰《おっしゃ》られました。『【天剣】を見つけ出したら、婚姻も考える』と。私は約束を守りましたっ！　ちゃんと見つけましたっ‼　次は隻影《セキエイ》様の番ですっ！！！！」

確かに言った。覚えてもいる。

史書から消えた代物を探し出すとは。王明鈴《オウメイリン》、恐るべし！

黒鞘《くろさや》に触れ、苦し紛れの言い訳を口にする。

「俺の手持ちにあるのは見ての通りこの一振りだけだぞ？　【黒星《こくせい》】【白星《はくせい》】揃《そろ》ってこその【天剣】だ。静《シズカ》さんも抜けなかったのに本物なのかは分からないだろ？」

「ぐぅっ！　痛い所をっ‼　……どうして銘を？　静《シズカ》も不思議がっていました」

「親父殿の持ってる書物で読んだ」

「……う～」

明鈴《メイリン》は外見に似合わない豊かな胸を押さえ、ばたりと倒れ込む。銘の件は嘘《うそ》だ。

枕を抱えながら、幼女のようにむくれる。

「……隻影《セキエイ》様は意地悪です……極悪人です……私は、こ～んなにも、何時《いつ》何時《なんどき》だって想《おも》っているのに……。借りを作るとちょっとだけ厄介な自称仙娘《せんこ》にまで頭を下げ、たくさん書物を当たって探し出したのに……釣った魚に餌はくれないんですね」

幾ら俺が鈍くても分かる下手な甘え方。こいつも困ったお嬢様だ。

……『自称仙娘』ねぇ。今の時代にもいるのか？

俺は布袋から小箱を取り出し、丸机上に置いた。

上半身を起こし、明鈴《メイリン》が興味深そうに瞳を大きくする。

「？　それは何ですか？？」

「手に取って開けてみろよ」

「は～い♪」

年上の少女は元気よく左手を挙げ、いそいそと小箱を手にした。

慎重に紐《ひも》を解いて、中身を取り出し零《こぼ》す。

「――綺麗」

紋様の彫られた硝子《ガラス》の碗《わん》が光を反射し影を作った。黒猫が目を開け要求してきたので腹を撫《な》でてやる。

「白骨砂漠《はっこつさばく》を越えた先の国家で作られた俺も愛用している品だ。王家《オウ》の跡取り娘ならすぐ手に入れられるかもしれないが……個人的な礼だ、良ければ受け取ってくれ。美味《うま》い山桃の酒も用意した。今晩皆で呑《の》もう」

風が吹き、年上少女の髪をそよがせた。

明鈴《メイリン》は暫《しばら》く碗を眺め、小箱へ大事そうに仕舞い俺の前へ。

「――……前言を撤回します」

「？」

俺は猫を撫でていた手を止める。……やっぱり、もう少し品を選ぶべきだったか？

後悔していると、明鈴《メイリン》が帽子を外して自分の口元を覆い隠した。

頬を真っ赤に染め、左右へ身体《からだ》を揺らす。

「え、餌はですね……す、少しずつ与えてくれないと困ります。い、いきなり、こんなことをされると、し、心臓がですね……隻影《セキエイ》様のばかっ！　大好きです！！！！」

「えーっと……ありがとう？」

「そ、そこは素直に受け取ってくださいっ！　もうっ‼　もうったら、もうっ!!!」

帽子を持ったまま明鈴《メイリン》は俺の椅子に無理矢理腰かけ、肩をくっつけてきた。

猫が驚くも、再び丸くなる。『害はない』と判断したようだ。

俺は上機嫌な様子の少女に苦笑する。

「お前なぁ……。ま、良かったら使ってくれよ」

「はい。生涯の宝物にします♪」

少女は嬉《うれ》しそうに両足をぶらぶらさせながら、大きく頷《うなず》いた。

『張家《チョウ》』としての礼は親父殿にもよくよく相談しないといけないな――。


「……何を、しているんですか……？」


俺が近い将来の事案を考えていると、極寒の呟《つぶや》きが耳朶《じだ》を打った。

振り向きたくない。けれど、見なければ……。

ゆっくりと視線を向け――激しく後悔する。

「は、白玲《ハクレイ》!?　こ、これはだな……」「えへへ～♪　旦那さまぁ～☆」

極寒の視線を気にもせず、明鈴《メイリン》は激しく動揺している俺の左腕に抱き着き、腰の【黒星】に触れた。

「ば、馬鹿っ――」

「(この剣を見つけてきた仙娘を名乗る子、色々あって戦は大嫌いみたいなんですけど、軍略にはとても長《た》けているんです。西冬《セイトウ》で育ったとも聞いていますし、機会があったら御紹介します。『見せたい品』も本当はその子の方が詳しいんですけどね。……【玄《ゲン》】の皇帝もその【天剣】を探しているという噂《うわさ》があります)」

「⁉」

俺は絶句し、まじまじと年上の少女を見つめた。

……アダイ・ダダが【天剣】を探しているだって？　どうしてだ？

あと『軍略に長けていて西冬《セイトウ》で育った自称仙娘』？

青帽子を被り金髪で左目が隠れている少女の顔が浮かび――細い手が伸びてきて明鈴《メイリン》を強引に抱えこみ、再び長椅子へ放り投げて、霧散した。

「きゃんっ！」

「…………」

怒れる白玲《ハクレイ》は椅子へ腰かけ、俺が贈った螺鈿《らでん》細工の小箱を大切そうに取り出し開けた。中に入っているのは俺が今までに贈って来た髪紐や小物だ。

銀髪少女がにこやかに微笑《ほほえ》む。

「さ――……話を再開しましょう、王明鈴《オウメイリン》。格の違いを教えてあげます」

「ふっふっふっ……」

明鈴《メイリン》が椅子に座り直し、足を組んで頬杖《ほおづえ》をついた。

うわぁ……悪徳商人の顔だ。

「さっきの状況を見てもなお、御自身に勝ち目があると？　勇敢な人は嫌いじゃありません。――が！　私の勝利は揺るぎませんっ‼　見て下さいっ、この硝子碗をっ!!!　隻影《セキエイ》様がお揃いの品を私に贈ってくださったんですっ！！！！」

白玲《ハクレイ》が勝ち誇り、長い脚を組んだ。敵軍を追い詰めた将軍の顔だな。

「……ふっ。何かと思えば、所詮はその程度ですか」

「な、何ですってっ⁉」

……怖い。こういう時は逃げるに限る。俺は黒猫を抱えた。

「あ〜……俺はこの辺で」「「貴方《あなた》は動かないっ‼」」

「……ハイ」

二人の美少女に命じられ、座り直す。

……俺は、俺は……無力だ……。

その後――『今まで俺からどんな贈り物を貰《もら》ってきたか』『臨京《リンケイ》滞在時どういう場所へ一緒に行ったか』という少女同士の暴露合戦は、静《シズカ》さんと朝霞《アサカ》がお茶を運んできてくれた後も延々と続いた。

――時に羞恥心で人は死ぬ。

だから、散々言い合った挙句、夕食を食べに屋敷《やしき》へ戻る二人の背を見送った後、俺が丸机に突っ伏したのは仕方ないことなのだ。

あの二人、何だかんだで仲良いだろ?

*

「やっぱり納得がいきません。何故《なぜ》、王明鈴《オウメイリン》さんを敬陽《ケイヨウ》へ呼んだのですか、父上?」

夜半の執務室に、髪をおろした寝間着姿の白玲《ハクレイ》の鋭い問いかけが反響する。

灯《あか》りの炎が揺れ、俺達の影が動いた。

親父《おやじ》殿が筆を硯《すずり》に置かれる。夕餉《ゆうげ》と入浴も終えられている筈《はず》だが軍装だ。

「白玲《ハクレイ》、そう大声を出すな。皆の迷惑となろう」

「………申し訳、ありません」

不承不承、といった様子で少女は謝罪し、言葉を待つ。

目元を押さえられ、親父殿が断固たる口調で説明される。

「儂《わし》は近々『白鳳城《はくほうじょう》』へと戻らねばならぬ。だが、敬陽《ケイヨウ》と西方地帯の防衛強化が喫緊の課題であることは明白。その資材調達を円滑に進める為《ため》、明鈴《メイリン》殿の差配が必要だと判断した。『王家《オウ》』からも承諾を貰っている。これは決定事項だ。西冬《セイトウ》侵攻が開始された後は、お前達への兵站《へいたん》維持にも尽力してもらえよう」

「「………………」」

俺と白玲《ハクレイ》は黙り込む。一理どころか余裕で十理はある。

防衛態勢の強化と再構築は絶対だし、時間的猶予も乏しい。

加えて――此度《こたび》の侵攻に際し、白玲《ハクレイ》と俺が率いる部隊の物資は自前、と聞いている。

勿論《もちろん》、総指揮官殿の嫌がらせなんだが、【西冬《セイトウ》】にも大河の支流は多く流れているし、小舟を円滑に用いれば馬や荷駄よりも遥《はる》かに兵站面で楽が出来る。

明鈴《メイリン》がそこに関与してくれるなら、一番の懸《け》念《ねん》材料はある程度解消されるだろう。

あの年上少女にはそれだけの力量がある。俺は名を呼んだ。

「白玲《ハクレイ》」「……失礼します」

銀髪の少女は頭を下げ、部屋を出て行った。

理解は出来ても、感情面で納得出来ない、か。親父殿が深く嘆息される。

「……困ったものだ。隻影《セキエイ》、すまぬが」

「後で話をしておきます。あいつも分かってはいるんです。明鈴《メイリン》と一緒に、温泉にも入っていましたしね」

悪餓鬼でちょくちょく屋敷を抜け出しては敬陽《ケイヨウ》を歩き回っていた俺と違い、白玲《ハクレイ》はあの通り生真面目《きまじめ》。同年代かつ同性の友人は殆《ほと》んどいない。

箱入り娘だった明鈴《メイリン》もそれは同じだったようで、静《シズカ》さんが『御嬢様《おじょうさま》はああ見えて喜んでおられるのですが……不器用な御方なので』とこっそり教えてくれた。

あの二人、ある意味で似た者同士なのだ。

俺は声を低くし、親父殿へ問うた。

「繰り言かもしれませんが、どうしても——……侵攻は避けられないんですか？」

「……うむ」

月が雲に隠れ、室内が一段と暗くなり、闇が濃くなる。

張泰嵐《チョウタイラン》は目を閉じ、耐えるように吐き出された。

「臨京《リンケイ》の義姉上《あねうえ》から先程、文が着いた。皇帝陛下の詔《みことのり》は降り、軍の編成が正式に開始された。順次——『安岩《アンガン》』への行軍も始まるだろう。最終的な作戦目的は『【西冬《セイトウ》】への懲罰』という曖昧なものだ。何処《どこ》まで侵攻するのかすら決まっていない。総指揮官殿は、首府である『蘭陽《ランヨウ》』まで攻め上るつもりらしいがなっ」

明確な作戦目的すらなき、替えが利《き》かない虎の子の軍の戦場投入。

英風《エイフウ》と共に戦場を疾駆していた頃、確かに無理難題は押し付けられたが……ここまで愚かな作戦に参加した記憶はない。

【餓狼《がろう》】を討った時のように分の悪い賭けは幾度かあったが。

親父殿が太い両腕を組まれた。

「兵数や指揮官は先だって聞いていた通りだ。先陣は【鳳翼《ほうよく》】徐秀鳳《ジョシユウホウ》と【虎牙《こが》】宇常虎《ウジョウコ》。率いるは南軍、西軍の最精鋭がそれぞれ二万五千。続く禁軍《きんぐん》十万を黄北雀《オウホクジャク》が率い、総指揮官は副宰相の林忠道《リンチユウドウ》。作戦目的は理解不能だが奴《やつ》の野望ならば分かる。戦功を挙げ『王』の称号を受けるつもりなのであろう。そうなれば、老宰相閣下ですら何も出来まい」

副宰相の娘は皇帝の愛妾《あいしょう》――要は外戚だ。

今でも権勢は得ているだろうに、もっと、もっと、と欲しがったか。

千年前もこの手の話は多々あった。人は変わらない。

過酷な現実を突きつけられ、俺は吐き出す。

「副宰相閣下が内政に手腕を発揮されたのは、俺も聞いています。ですが、そもそも文官なのでしょう？　徐《ジョ》将軍も懸念されていましたが、大軍の指揮は……」

「到底出来まい。欲をかけば酷《ひど》い戦になろう。老宰相閣下も強く憂慮されておられる」

帝国を支え続けた老臣と権力を望む愚者の争い。

臨京《リンケイ》の地で、俺と白玲《ハクレイ》が遭遇した老宰相の親族すら『権力』という魔力に囚《とら》われていた。

暗い想《おも》いを振り払い、俺は話題を意図的に変える。

「昼間、例の投石器を試射してきました」

「ふむ……お前の見立ては？」

親父殿も興味深そうに顎鬚《あごひげ》に触れられた。

お互い分かっていても、言葉に出来ないものもある。

「あれを大量に設置された城を攻めるのは御免被《こうむ》りたいですね。一度放たれたら、処置無しです。隊列に叩《たた》きこまれでもしたら……」

両手を広げる。金属球は敬陽《ケイヨウ》の強固な城門すらも粉砕した。直撃すれば命はない。

親父殿が深く首肯された。

「報告書を纏《まと》めておいてくれ。急ぎ臨京《リンケイ》へと送る。副宰相が読むとは思えぬが、秀鳳《シュウホウ》と常虎《ジョウコ》の助けにはなろう」

「明日、明鈴《メイリン》が持ち込んできた『【西冬《セイトウ》】で試作されながらも開発放棄された新兵器』の実験を模擬戦前に行います。それと合わせた上で纏めようと思います。……白玲《ハクレイ》と明鈴《メイリン》に拗《す》ねられそうですが」

俺を責める時だけ結託しがちな少女達を思い返す。

抗弁しようにも、張白玲《チョウハクレイ》と王明鈴《オウメイリン》は頭が切れる。辛《つら》い戦いになりそうだ……。

今晩初めて、親父殿が相好を崩された。

「月のない夜道には気をつけよ。明鈴《メイリン》殿は分からぬが、白玲《ハクレイ》は亡《な》き妻に良く似ておる」

「親父殿、洒落《しゃれ》になっていませんっ！」

白玲《ハクレイ》は俺に対して良くも悪くも遠慮がない。明鈴《メイリン》もおそらくは……。

身震いし、侵攻について話を戻す。

「敵情は判明しているんですか？　相当数の密偵が捕まっている、と」

「事実だ。苦労しているが、蛇の路《みち》もある」

親父殿の瞳に底知れない知性が見て取れた。

【栄《エイ》】の誇る名将は情報の重要性を誰よりも理解されている。

「現状、西冬《セイトウ》に玄《ゲン》の大軍はおらぬようだが――既に『燕京《エンケイ》』から『四狼《よんろう》』の一角『灰狼《かいろう》』が軍を率い発した。行先《いきさき》は南西。七曲山脈《ななまがりさんみゃく》を越えるのであろうな」

『赤狼《せきろう》』グエン・ギュイは人跡未踏の地を切り開き、軍路を遺《のこ》した。

奴を討っても同格の将がそれを使い脅威は去らず。

暗澹《あんたん》たる思いを抱いていると、親父殿が続けられた。

「加えて――『蘭陽《ランヨウ》』には謎の軍師『千算《せんさん》』が入っているようだ」

思わぬ言葉に、俺は面食《めんく》らう。

「……軍師、ですか？」

煌《トウ》帝国『大丞相《じょうしょう》』王英風《オウエイフウ》は、その地位に就くまで『軍師』を名乗っていた。

皇英峰《コウエイホウ》が戦場で対峙《たいじ》した敵将の中にも、そう名乗る者もいるにはいた。

だが……今の時代、そんな役職はすっかり廃れてしまっている。

親父殿が顎に手をやられた。

「名も一族も皆目分からぬ男だ。七年程前にアダイの幕下へ入ったようだが……活動していたのは北方だったようでな、儂も直接対峙したことはない。『赤狼』戦死後、西冬《セイトウ》の軍務、政務を司《つかさど》っているらしい」

「軍席次一位の老元帥を差し置いて、ですか」

つまり……その名も分からない敵軍師は、一国を任せられる程アダイから篤《あつ》い信頼を受けている？

親父殿が机の上に書簡を広げられる。表情は何時《いつ》になく険しい。

「お前達には可能な限り兵を託したい、と思っていたのだが……横槍《よこやり》が入った」

内容を手早く読む。末尾には赤々とした『龍』の真印。

俺は額を押さえ、息を吐く。

「『**兵站部隊の護衛として千。それ以上の派遣は敬陽《ケイヨウ》防衛の為認めず**』ですか」

「どうやら、儂は嫌われているようだ」

名将は自嘲し、立ち上がられた。背を向けられ、窓の外を仰がれる。

その大きな背が――微《かす》かに震えていた。

「……異議申し立てをしようにも、作戦書には陛下の真印が押されてしまっている。事、此処《ここ》に到《いた》れば覆《くつがえ》せぬ。真《まこと》……真すまぬがっ」

「大丈夫ですよ。どうにかします」

俺は声を遮り、出来る限り軽い口調で返答した。

「この状況下で大河に張り付いている軍はそうそう動かせません。奴等《やつら》の兵力なら、二正面同時作戦も容易に可能です。その点において臨京《リンケイ》の判断は正しいのでは？」

「そうかもしれぬ。だが、だがな、隻影《セキエイ》よ」

自らの立場――敗北は亡国を招くことを知り抜いておられる親父殿が顔を歪《ゆが》められた。

ただただ白玲《ハクレイ》と俺の身を案じてくれているのだ。

手を掲げ、敢《あ》えて不敵に笑う。

「それと――作戦案に記載されているのは兵数だけで、『兵種』はありませんしね」

「！」

親父殿《おやじ》は俺の言葉を受け、即座に理解の色を浮かべられた。

書簡を畳んで机に仕舞い、命じられる。

「分かった。必要な人員と物があればすぐに言え」

「ありがとうございます。『人』については、少しばかり気になっている奴がいるので……口説いてみるつもりです」

部屋の外で微かに音がした。あいつ、戻って来たな。

居ずまいを正し、親父殿に頭を下げる。

「では、失礼します」

「……お前には苦労をかける。どうか頼む」

廊下へ出て少し歩いていくと、白玲《ハクレイ》が石柱に背を預け待っていた。

俺に気付くと唇を尖《とが》らせ、拗ねてくる。

「……遅かったですね」

「そうか？　親父殿は子煩悩《こぼんのう》だからなぁ。戻ろうぜ」

そのまま廊下を進むと、白玲《ハクレイ》も素直に後をついて来る。

月光が降り注ぐ中、俺は話しかけた。

「白玲《ハクレイ》」

「はい」

立ち止まり振り返る。

少女はこうなることが分かっていたかのように、俺の言葉を待っていた。

「騎兵を選抜するぞ。目標は騎射が出来る兵を千」

「分かりました」

あっさりと首肯。そこに疑問の色は皆無だ。

反対されても困るが……。

「いや、少しは理由を聞かないのかよ？」

「派遣兵数が限られているんでしょう？　難戦が想定されている以上、機動力に優れ、いざという時に立ち回れる騎兵を主力に。もっと言えば――……私と兵達が逃げ易《やす》いように。違いますか？」

左頬を掻《か》き、目を逸《そ》らす。

――十年前、俺はこの張白玲《チョウハクレイ》に命を救われた。

張家軍《ちょうかぐん》の参陣が決まった以上、どんな碌《ろく》でもない作戦だろうと……こいつを死なせるわけにはいかない。それだけは出来ないのだ。

返答せず、予定を説明する。

「全軍の『安岩《アンガン》』集結まで多少時間がある。明日からは選抜と猛訓練だ。例の瑠璃《ルリ》っていう奴にも従軍をお願いしたい。今晩はとっとと寝て——」

「嫌です」

即座に断固たる拒否。小さな頭が俺の胸に当たる。

幼い頃、我《わ》が儘《まま》を言う時もこうだったな。

「……今晩はまだお話していません。ダメ、ですか？」

案の定、顔を上げ上目遣いで甘えてきた。

こんな目をされて断れる程、俺は酷薄になれない。

山桃の酒を一口吞《の》んだだけで明鈴《メイリン》も寝てしまったし、バレる心配もないだろう。

銀髪を手で梳《す》き、応じる。

「仕方ねぇなぁ。少しだけだからな？」

＊

「まったくもうっ！　薄々思ってましたけど……隻影《セキエイ》様は白玲《ハクレイ》さんに甘過ぎますっ‼

『夜話をするのが習慣』……そんなの聴いてませんっ‼　ズルいです。反則です。私が寝ていたのをよいことにぃぃぃ。今晩は私も参加して、きゃっ」

敬陽《ケイヨウ》南方の荒野を駆ける愛馬が揺れ、後ろに乗る明鈴《メイリン》が小さな悲鳴をあげた。二つ結びの栗《くり》茶髪が風に靡《なび》く。

俺は振り返り、馬に乗り馴《な》れていない少女を注意する。

「ちゃんとくっついてないと危ないぞ？　お前が『新兵器の試射と模擬戦を見学したいですっ！』って言ったんだからな？」

「…………はぁい」

恥ずかしそうに顔を伏せ、明鈴《メイリン》は俺へおずおずと抱き着き直した。

豊かな双丘の感触は無視する。先に行かせた白玲《ハクレイ》にバレたら命の危機だ。

監視用櫓《やぐら》の近くでは、静《シズカ》さんや朝霞《アサカ》、護衛の兵達が設営を行っていた。

近くには長細い木箱が載せられた荷駄。あれの中身が『新兵器』ってやつか。

荒野では選抜した騎兵百五十が集結し、案山子《かかし》に対して騎射訓練を開始していた。

遠目にも白玲《ハクレイ》の銀髪と瑠璃《ルリ》の金髪はよく目立つ。二人で並走しながら会話も交わしているようだ。

「明鈴《メイリン》、降りるぞ。まずはお前がしたい試射からだ」

「……はぁい」

名残惜しそうに手が離れていく。

静《シズカ》さんと朝霞《アサカ》の微笑《ほほえ》ましげな視線に気づきつつ馬から降り、明鈴《メイリン》へ片手を伸ばす。

「ほいよ」

「……へう？」

少女は瞳を見開き、変な声を出した。

愛馬の鬣《たてがみ》を撫《な》でながら、再度諭す。

「一人じゃ降りられないだろ？　危ないからな」

「あ……は、はい…………」

おずおずと差し出された明鈴《メイリン》の手を取り片手で抱きしめ、地面へと降ろす。

俺は鞍《くら》の革袋から帽子を取り出し、ぽ～っとしている少女の頭に被《かぶ》せた。

「白玲《ハクレイ》には内緒だ」

「……はぁ～い♪」

ますます頰を緩めた年上少女へ言い含める。本当に分かっているよな？

そんな主の様子を見て取り、静《シズカ》さんが此方《こちら》へ歩いて来た。

手に持っているのは……槍《やり》、じゃないな。

木の棒の先端には竹筒が結ばれ、脇からは紐《ひも》が飛び出している。

「隻影《セキエイ》様、ありがとうございました。これで数ヶ月は我が儘を仰《おっしゃ》らないと思います」

「いえいえ。偶《たま》には人を乗せるのも悪くないですし。それに静《シズカ》さんの頼みなら喜んで」

「あらまぁ。大人を余りからかわないでください」

「本心なので」

「………せきえぃさまぁ？　しずかぁ？」

俺と静《シズカ》さんが楽しく談笑していると、明鈴《メイリン》が怨嗟《えんさ》の呻《うめ》きを発した。

手を伸ばし、帽子の上に置く。

「ほら、説明してくれ。早めに終わらせないと、怖い怖い張白玲《チョウハクレイ》が矢を射かけてくる」

「う～！　隻影《セキエイ》様のいけずっ！　意地悪っ！　……静《シズカ》、『火槍《かそう》』を貸して」

「御嬢様《おじょうさま》には重うございますよ？」

黒髪従者さんは小柄な主に注意しながら、奇妙な棒――『火槍』を手渡した。

案の定、明鈴《メイリン》は身体《からだ》をふらつかせて倒れそうになったので、回り込み支えてやる。

「おっと。お前なぁ……」

「クックックッ……作戦通りですっ！　優しい隻影《セキエイ》様なら絶対に助けてくださる、と確信していましたっ‼　私の勝ちですぅ～☆」

年上少女は悪戯《いたずら》が成功した幼子の顔になり、俺へもたれかかった。

静《シズカ》さんは申し訳なさそうに両手を合わせている。訓練中の白玲《ハクレイ》が俺達に気付いたらしく、瑠璃《ルリ》と他数騎を引き連れて駆けて来るのが見えた。

「……いいから、とっとと撃ってみせろ」

「あ、はーい。えっとですねぇ」

ようやく明鈴《メイリン》は俺から離れ、静《シズカ》さんの介助を受けながら試射の準備を始めた。

その間、白馬と葦毛《あしげ》の馬がやって来て、軍装姿の白玲《ハクレイ》と帽子と装束を身に着けた瑠璃《ルリ》が地面に降り立つ。

「随分遅かったですね、隻影《セキエイ》」「…………うわ」

「文句はギリギリまで書類仕事を片付けていた御令嬢へ仰ってくれ。ああ、紹介しとく。瑠璃《ルリ》、こいつは――」

最後まで言い終わる前に年上少女が顔をあげた。

そして、不思議そうに大きな瞳をパチクリさせる。

「あれ？　瑠璃《ルリ》じゃないですか？？　どうして、貴女《あなた》が此処《ここ》に？？？」

「……チビ商人こそ、引き籠りのくせに、どうして最前線にいるのよ」

「チ、チビぃ⁉　……ふ、ふんっ。何を言うかと思えば。そんなんだから、『自称仙娘《せんこ》』さんは胸が何時まで経《た》っても真っ平らなんですよーだ！」

瑠璃《ルリ》は翡翠《ひすい》色の瞳に苛立《いらだ》ちを露《あら》わにし、腕組みをしてそっぽを向いた。

『自称仙娘』。つまり、【天剣《てんけん》】を見つけたのは。

「自称じゃないもの。私は正真正銘、本物の仙娘よ。胸だってこれからっ！」

「ふ～ん。へぇ～。そうなんですねぇ～。儚《はかな》い夢ですね～。隻影《セキエイ》様の『地方文官になる！』くらいのぉ～」

「こ、この、悪徳商人っ……」「……おい。そこで俺を出すなよ？」

思わず会話に割り込むと、白玲《ハクレイ》が手を叩《たた》いた。

視線が一斉に凛々《りり》しい美少女に集中する。

「隻影《セキエイ》の夢が儚いのは今に始まったことじゃありません。明鈴《メイリン》、説明をお願いします」

「お、お前なぁ……」「あ、はーい」

俺の文句を無視し、王明鈴《オウメイリン》は瑠璃《ルリ》の後ろへ回り込み抱き着いた。

異国の少女は嫌そうにしながらも振りほどきはしない。普段もこうなのだろう。

明鈴《メイリン》が背中から顔を出し、教えてくれる。

「この子が西域の廃廟堂《びょうどう》で【天剣】を見つけてくれた自称仙娘さんです！　『隻影《セキエイ》様達を見に行く』とは聞いてましたけど……。戦も軍も大嫌いですよね？」

「……自称じゃないって何度言えば信じてくれるのよ。ほら」

瑠璃《ルリ》は不満そうに手を振り、何もない空間から白い花を生み出した。

そして、明鈴《メイリン》の前髪にそれを挿す。

——敬陽《ケイヨウ》の小路で見た謎の術だ。

「またそれですかぁ？　綺麗《きれい》ですけど……」

「何よ？　言いたいことがあるわけ？？」

瑠璃《ルリ》が明鈴《メイリン》を肩越しに睨《にら》みつけた。

すると、年上少女は軽やかに俺の背中へ回り込み、舌を出す。

「『仙術』にしては地味じゃないですかぁ。もっと、こう天候を変えるとか、派手派手な術が見たいなぁ、って★」

確かにそうだ。伝承に残る仙人やら仙娘はもっと化け物じみている。

俺達の様子を察した金髪少女は肩を竦《すく》め、静《シズカ》さんの方へ歩いていく。

「これも何度も話したわよね？　私が使っているのは『方術』。あと『仙術』は貴方《あなた》が思っている程万能じゃない。大昔の……それこそ『老桃《ロウトウ》』が若木だった頃の仙娘なら、天変地異を引き起こせたらしいけど」

大陸北方に聳《そび》える、千年を優に超える樹齢を持つ桃の大木が若木だった時代ねぇ。

想像出来ん。結局、御伽話《おとぎばなし》に過ぎないのだろう。

瑠璃《ルリ》は静《シズカ》さんから『火槍』を受け取り、俺と白玲《ハクレイ》へ向き直った。

「……黙っていてごめんなさい。明鈴《メイリン》が言う通り、その【天剣】を見つけたのは私よ」

「何でだ？」「どうして？」

俺と白玲《ハクレイ》が同時に口を開く。

言外に込めた意味は――

『戦嫌いなのに、義勇兵になってまで【天剣】の所有者を見たかった理由は？』

瑠璃《ルリ》は目を細め、俺達の疑問を受け止めた。

そして、おもむろに帽子を被り直し、俺の名を呼んだ。

右の翠眼《すいがん》には挑みかかるような、強い意志の光。

「張隻影《チョウセキエイ》――貴方のことは明鈴《メイリン》からたくさん聞いたわ。私は、貴方が【天剣】を持つに値するのかどうかを知りたい。その為《ため》の対価として、今から行う模擬戦で私は白玲《ハクレイ》へ助言を与える。『火槍』の試験も兼ねてね。良い勝負になると思うのだけれど？」

＊

「隻影《セキエイ》様、白玲《ハクレイ》様！　皆の準備完了致しました。御命令通り、部隊は百騎と五十騎の二隊に分け、訓練用の矢も配り終えております！」

副官に抜擢《ばってき》した庭破《ティハ》がきびきびした動作で報告してきた。

俺と白玲《ハクレイ》は騎乗したまま選抜兵達へと向き直る。そこに瑠璃《ルリ》の姿はない。

『準備があるから』

と、白玲《ハクレイ》と何事かを相談した後、十数名の兵と共に姿を隠したのだ。

……単なる伏兵だとしたら芸はないが。

矢筒を背負った銀髪の美少女が視線で促してきたので、意識して表情を引き締める。

「知っての通り――近日中に軍は【西冬《セイトウ》】へ侵攻する。うちから出るのは騎兵千。今日集まってもらったのは、その中で騎射を習得している面々だ。庭破《ティハ》？」

「模擬戦で使用する矢は先端に赤の染料入り小袋がついている訓練用となる。腕に『白』もしくは『黒』の布は巻いたな？　当たった者は布を掲げて離脱し丘へ向かうこと」

「使用武器は原則弓のみ。大将役の私か隻影《セキエイ》がやられるか、隊の全滅で勝敗を決めます。皆、落馬に気を付けて。模擬戦開始は太陽が中天に達した時――朝霞《アサカ》が銅鑼《どら》を鳴らしてくれる手筈《てはず》になっています。では、私の隊は移動を開始してください」

『はっ！　白玲《ハクレイ》様に勝利をっ‼』

若い兵達が一斉に騎乗し。緊張した様子で離れていく。

対して、この場に残る『敵役』の五十騎――敬陽《ケイヨウ》攻防戦を生き残った古強者《ふるつわもの》達は馬にも乗らず冗談を口にする。

「俺も白玲《ハクレイ》御嬢様を守りたかった……」「若はなぁ」「守り甲斐《がい》がない」「単騎で突撃しちまうし」「私達が裏切れば白玲《ハクレイ》様に勝利を与えられるんじゃ？」『それだっ！』

……こいつら。

まぁ、若年兵を中心とした百騎と古強者五十騎に隊を分けるよう、庭破《ティハ》へ指示したのは俺自身だ。文句を言う筋合いもないか。

苦笑いしながら弓の弦《つる》を確かめていると、十数歩だけ白馬を進めた銀髪の少女が、振り向かないまま俺の名を呼んだ。

「隻影《セキエイ》」

「ん？」

白玲《ハクレイ》が【白星《はくせい》】を一気に引き抜き、高く掲げた。

途端に光が差し込み——剣と長く美しい銀髪を輝かせる。兵達が声なき賛嘆を零《こぼ》した。

「手加減したら許しませんから。私も瑠璃《ルリ》さんと全力で貴方を叩き潰します！」

そう叫ぶやいなや張白玲《チョウハクレイ》は『月影《げつえい》』を走らせ、自隊の背中を追いかけていく。

あいつの統率力と、明鈴《メイリン》をして『戦嫌いだが軍略に長《た》ける』という仙娘の少女。

——さて、どう出るか。

俺は愛馬『絶影《ぜつえい》』の首を撫《な》で、青年武将へ尋ねた。

「庭破《テイハ》、あいつ等はどう出ると思う？」

既に白玲《ハクレイ》達は十分な距離を取った。

が——俺の鷹《たか》よりも鋭い眼《め》は、銀髪少女の傍《そば》に青い帽子を被《かぶ》った一騎が戻り、付き添っているのをはっきりと捉えている。

暫《しば》し考え、庭破《テイハ》が返答してきた。

「当方の騎兵は五十。対して白玲《ハクレイ》様の隊は練度こそ劣るものの百。並の相手ならば、数に物を言わせての正面突撃も選択肢に入りますが……」

白玲《ハクレイ》隊が小さな丘の陰に隠れ見えなくなった。

戦場の地形を活用するのは良将の証《あかし》だ。白玲《ハクレイ》には親父《おやじ》殿譲りの才がある。

成長すれば、軍の統率という面では俺を軽く超すだろう。

青年武将が兜《かぶと》を被り直し、古参兵達へ手で騎乗を指示した。

「白玲《ハクレイ》様は隻影《セキエイ》様の武勇を誰よりも御存知です。そのような愚かな策を取られるとは到底思えません。この近辺は丘が点在しています。部隊を二つに分け、挟み撃ちを試みるのではないでしょうか？」

つい数ヶ月前のこいつなら、正面突撃を予想していただろう。

庭破《テイハ》も苛烈な敬陽《ケイヨウ》攻防戦を生き延びた男なのだ。

俺は満足感を覚えながら櫓《やぐら》上の明鈴《メイリン》達へ手を振り、合図を出す。

「ま、そうだろうな。問題は本隊と伏兵、どっちに白玲《ハクレイ》がいるか、だが……」

太陽が中天に近づいていく。

やがて――荒野に銅鑼の音が轟《とどろ》いた。

俺は全員騎乗した兵達を見渡し、笑いながら犬歯を見せた。

「さて――やるぞっ！　気合を入れろっ‼　白玲《ハクレイ》にやられた奴《やつ》、訓練追加なっ‼」

「おおおお！」「若、酷《ひど》いですっ」「いやでも、白玲《ハクレイ》御嬢様に一番狙われるのは隻影《セキエイ》様なんじゃ？」「つまり『囮《おとり》』にすれば、私達は助かる？」「……ありだな」

一斉に弓を掲げ、好き勝手意見を口にする。皆、顔と名前が一致する者達ばかりだ。

前方から騎兵の立てる砂埃《すなぼこり》が見えてきた。

数は――精々三十騎程か。

「お前らなぁ……少しは俺の身も案じろよ」

愛弓に矢をつがえ、苦笑する。

訓練用の矢とはいえ、俺の弓は【西冬《セイトウ》】で製作された強弓。

本気で放てば、兵に怪我《けが》を負わせてしまうだろう。

――ならば！

俺は弓を限界まで引き絞り、放つ。

矢は強風に乗り先頭を駆ける騎兵の矢筒を吹き飛ばし、赤く汚した。

『っ⁉』

敵味方問わずの大きなどよめき。

速射しながら白玲《ハクレイ》の姿を探すが……全員が深く兜を被っていて、認識出来ない。

伏兵の指揮を選択したのか？　瑠璃《ルリ》もいないようだ。

立て続けに矢筒を射貫《いぬ》きつつ黒馬に足で指示を出し、断を下す。

「突撃して蹴散らすぞっ！　庭破《ティハ》、左右の丘の陰に気を付けろ。伏兵を仕込むならそこだ。各自射程に入ったら射撃自由！」

「はっ！」『了解っ！』

俺の後にすぐさま五十騎が続く。

互いの距離が詰まる中、馬群の中で一人が弓を高く掲げた。

すると、数騎ごとに分散。

射程ギリギリにも拘《かか》わらず射撃を開始し、俺の周囲にも降り注ぐ。

「へぇ、やるな」

敬陽《ケイヨウ》に攻め寄せた『赤槍騎《せきそうき》』も同じ戦術を駆使してきた。

白玲《ハクレイ》の指示か、それとも瑠璃《ルリ》か。

黒馬に指示を出しながら矢を躱《かわ》し、あるいは弓で叩《たた》き落とし適宜反撃していく。

そうこうしている内に距離が縮まり——顔の良く似た少年と少女の二騎が、決死の表情で左右に分かれて俺へ突撃してきた。

見事な馬術だが幼い顔立ちからして義勇兵。しかも、異国人のようだ。

「隻影《セキエイ》様っ！」「白玲《ハクレイ》御嬢様の為に負けてくださいっ！」

その意気や良し。後で庭破《テイハ》に名を確認しておかないと。

ほぼ同時に放たれた二本の訓練矢に速射。空中で叩き落とす。

「「はぁっ⁉」」「悪くないが……及第点はやれないな」

勇敢な挑戦者達の矢筒に訓練矢を叩きこみ、吹き飛ばす。

さて、次は――

「隻影《セキエイ》様！　左右の丘に伏兵ですっ‼」

俺の近くで数騎を率い奮戦中の庭破《テイハ》が警戒を発した。

左の丘から約三十騎。右から約二十騎が陰から突っ込んで来るのが見えた。

正面と左右。三方向からの攻勢ときたか！

だが、既に正面は約半数を撃破。対して此方《こちら》は隊列こそ崩れているが、殆《ほとん》どが健在。

「庭破《テイハ》！　左は俺がやる。お前はその間、右を抑えて――」

そこで気づく。

どちらの隊にも白玲《ハクレイ》と瑠璃《ルリ》が、いない？

「隻影《セキエイ》様っ⁉」

庭破《テイハ》の焦《あせ》る声が耳朶《じだ》を打つ中、俺はほぼ無意識に馬首を返す。

そこにいたのは白玲《ハクレイ》に率いられた十騎。大きく迂回《うかい》して後方をついてきたかっ。

三隊じゃなく、四隊に分かれての包囲攻撃。

名も無き峡谷で【餓狼《がろう》】を討った際、英風《エイフウ》が俺に実行させた『狼殺《ろうさつ》の陣』を、まさか今世で受ける羽目になるとは。これが瑠璃《ルリ》の軍略なのか？

……だが、策はもう全て見えた。

後で文句を言われるだろうが、白玲《ハクレイ》の矢筒を射貫いて終わりだっ！

俺は弓を引き絞り、一直線に突っ込んで来る幼馴染《おさななじみ》の少女へ狙いを定めた。

距離が急速に縮まっていき、視線が交錯。

微《かす》かに白玲《ハクレイ》の唇が動くのが見えた。

――その直後、

「なっ⁉」『っ！？！！』

生涯で初めて聞く甲高い轟音《ごうおん》が戦場全体を揺るがした。

俺や古参兵達だけじゃなく馬達も驚き、大混乱をきたす。

右の丘を見やると、下馬した十名の兵が先端の割れた竹筒から煙を出す細長い棒――

『火槍《かそう》』を持っていた。筒自体はボロボロになっているようだ。

臨京《リンケイ》で幾度か見た花火。

それに用いられる『火薬』とかいう代物を転用した対騎兵用兵器っ。


「今回は私達の勝ちですっ！」「覚えておきなさい。自信過剰は死を招くのよっ！」


良く通る白玲《ハクレイ》と瑠璃《ルリ》の声が聴こえた瞬間、俺は身体《からだ》を大きく倒していた。

頭上を交差するように二本の矢が飛んでいく。

「なっ⁉」「……ちっ！」

瑠璃《ルリ》の驚愕《きょうがく》と白玲《ハクレイ》の舌打ち。

上半身を起こし、次々と矢筒を射貫きながら、混乱する交戦地を突破する。

そして、馬首を返し――悔しそうにしている少女達へ片目を瞑《つぶ》った。

「ま、及第点だ」

『将たる者、兵の前で迷いを見せるべからず』

前世の俺が実践していた事は魂に刻みつけられている。

言わずもがなだが……正直危なかった。

兵達の練度がもう少し高ければ、この段階で負けていたかもしれない。

まさか、『狼殺の陣』に『火槍』を加えてくるとは。おっそろしい仙娘様《せんこ》だ。

白玲《ハクレイ》が離れた場所から不平不満を口にした。

「今のは素直に当たる場面でしょう？　可愛《かわい》げがない人ですね」

「ねぇ……貴方《あなた》って本当に人間なの？」

次いで、最後まで自分自身の姿を俺に晒《さら》さなかった瑠璃《ルリ》が困惑した問いを発する。

白玲《ハクレイ》の陰に追走しての騎射。大した技量だ。

軍略家ってのは、そういうのが苦手だと思い込んでいたんだが……認識を改める必要があるのかもな。

「悪いが正真正銘、人間だよ、仙娘殿？　因《ちな》みに地方文官志望のな」

「……はぁ？」「また、そういう世迷言《よまいごと》を」

瑠璃《ルリ》がますます困惑を深め、白玲《ハクレイ》が小言を零す。

その間、俺は交戦地を確認した。

此方の残存騎兵は——庭破《ティハ》を含め三十程か。

白玲《ハクレイ》の隊もかなり減ったものの、それでも六十騎前後が健在。

どちらにも『勝てるっ！』という強い戦意が感じ取れた。頃合いだな。

俺は白玲《ハクレイ》へ目配せ。

「いや……どうせ当たっても怒るだろ？」「当然です」

お互いに弓を降ろし、同時に命じる。


「「演習止《や》めっ！！！！」」


兵達が大きな息を吐き、同時に少しの声なき不服を漏らした。

『もう少しで勝てたのに！』

演習の終わり方としては理想的だろう。

白玲《ハクレイ》がふんわりと微笑《ほほえ》む。

「皆、御苦労でした。怪我人はいないと思いますが、痛めた者は素直に申告を。朝霞《アサカ》達に水と食事を用意させています。各自監視櫓へ向かってください」

『はっ！　ありがとうございますっ‼』

兵達が感激し、馬を歩かせ始めた。

――やっぱり、総指揮官は俺よりもこいつの方が向いてるな。

その補佐役に黙考している青帽子の少女を置き、俺は先陣を切ればいい。

満足感を覚え、汗を拭っている青年武将へ頼む。

「庭破《ティハ》、聞き取りと結果を纏《まと》めておいてくれ。隊編成の参考にしたい。休んだ後で良いからな」

「了解しましたっ！」

何処《どこ》となく鬼礼厳《ライゲン》に似た顔で敬礼し、兵達の後を追っていく。

残ったのは下馬した俺と白玲《ハクレイ》。そして――

「……『火槍』を加えた『狼殺の陣』で勝ちきれないなんて。【天剣《てんけん》】に選ばれただけはあるということなの？　だけど、あの武勇は人間業じゃ……。私が双剣を抜けなかったのはその為《ため》？　じゃあ本物？？？　お姫様と張家軍も凄《すご》い。連携の取り難《にく》い新米兵なのに、ここまで策が決行出来るなんて……」

馬を降り、取り出した奇妙な短い金属製の棒を器用にクルクルと回しながら、ブツブツと独白している青帽子の美少女。

無意識なのか次々と周囲に白い花が生まれ、舞い、消えていく。

心なしか葦毛《あしげ》の馬も困っているようだ。

俺は自然と隣に白馬を寄せてきた少女を呼ぶ。

「白玲《ハクレイ》」

「策は全て瑠璃《ルリ》さんが。父上への推挙は連名にしてください。信頼出来る方です」

即座に反応が返ってきた。

『銀髪蒼眼《そうがん》の女は禍《わざわい》を齎《もたら》す』

黴《かび》の生えた迷信を信じ、排斥してくる相手を見続けて来た白玲《ハクレイ》の眼《め》は確かだ。

未《いま》だ考え込んでいる金髪の美少女は良い奴《やつ》なのだろう。

……明鈴《メイリン》とは違った意味で変人の気配もするが。

そんなことを思っていると、

「せ・き・え・い様ぁ～♪」

「「…………」」

全てを吹き飛ばす、王明鈴《オウメイリン》の興奮した声が俺達の耳朶を打った。

三人で振り向くと、静《シズカ》さんが操る馬の後ろから、栗《くり》茶髪の少女が金属製の奇妙な筒を持った手をぶんぶん振っている。瑠璃《ルリ》が持ってる物と同じのようだ。

明鈴《メイリン》は静《シズカ》さんの手を借りて馬を降りると、頬を上気させ感想を述べてきた。

「凄かったですっ！　ほんとに、ほんとに凄かったですっ‼　嗚呼《ああ》……瑠璃《ルリ》から、遠くが見える古い変な道具を貰《もら》っておいて良かったたぁぁ。えへへ～♪　戦場の旦那様、眼福でした。私はこれで、半日は頑張れますっ！」

手を伸ばし年上少女の額を軽く押す。

「半日と謂《い》わず、もう少し頑張れ」

「え～私は御褒美《ごほうび》をもらうと頑張る子なんですよぉ？　『火槍』、どうでしたか？」

にやけていた明鈴《メイリン》の表情が商人のそれへと変わった。

白い花を生み出すのを止めた瑠璃《ルリ》も俺の評価を気にしているようだ。

俺は白玲《ハクレイ》の髪についた花を摘まむ。

「悪くはない」

「なら、すぐ量産を——」「対騎兵用になら使えると——」

続けて言い募ろうとする明鈴《メイリン》と瑠璃《ルリ》の反応を手で制し、二つ目の花を摘まむ。「……仕方ないですね」白玲《ハクレイ》も俺の髪へ手を伸ばし、花弁を取った。

戦場で垣間《かいま》見《み》た光景を二人へ告げる。

「轟音が出るのは良い。敵兵はともかく、馬を驚かせることは出来るだろう。だけど——竹筒じゃ駄目だな。撃った後、ボロボロになってるのが見えた。戦場だと、火薬以外に小石とかを込めるんだろ？　下手すると、敵には飛ばないで爆発して兵達が傷つくぞ。筒を金属製とかにするのが良いんじゃないか？」

「……金属、ですか」

明鈴《メイリン》が沈黙し、静《シズカ》さんの背中に顔を埋《うず》め考え始めた。

非凡の才を俺と白玲《ハクレイ》へ示した金髪の少女が呆気《あっけ》に取られる。

「……貴方ってやっぱり変な人ね。見えていたなんて。その武勇って剣の力なの？　伝承だと『【天剣】を振るう者は天下無双の武を得る』というものがあるんだけれど」

「残念だが自前だ。どういう伝承があるかは知らないが、こいつはちょっと古い普通の剣だと思うぞ。……で？　一応勝負は俺の勝ちで良いんだよな？　どうして、うちの軍に志願したのか、教えてくれ」

「――……ええ」

瑠璃《ルリ》は金属製の棒を腰に仕舞った。

馬を撫《な》で、淡々と零《こぼ》す。

今までと異なりそこに含まれる感情は、酷《ひど》く冷たい。

「私が『仙娘』というのは本当よ。でも――使える術はすぐ消える白い花を出すことだけ。今の世に、どれだけこういうモノが残っているのかは知らないし、知る術《すべ》も持っていない。最後の仙郷は滅んで十年以上経《た》っているし……。後は廃れてしまった古《いにしえ》の知識や道具をほんの少し持っているだけよ。チビッ子商人が持っている金属の棒もその一つね。それ以外は極々普通の人間なの。斬られたら死ぬし……戦なんて大嫌いっ。軍略は生きる為に覚えただけ。義勇兵に応募する気なんて更々なかった」

　──消える花を生み出せる。

　確かに、これだけじゃどうにも出来ないだろうな。

　金髪少女が帽子を押さえ、俺の【黒星《こくせい》】と白玲《ハクレイ》の【白星《はくせい》】を見つめた。

「でも──……【天剣】が突然姿を現した。【双英】が没して千年。誰の手にも握られなかった伝説の神具が表舞台に姿を現したのよ？　伝承を知っている者ならば気になるのは当然でしょう？」

「こいつが本物だと？」

　神具とは随分御大層だ。好奇心を覚え、俺は敢《あ》えて質問した。


　──この二振りは間違いなく【天剣】。


　けれど、それを断言出来るのは今世では俺しかいない。

　瑠璃《ルリ》が眦《まなじり》を吊《つ》り上げた。

「それを確かめる為に来たのよ。……チビ商人に唆《そそのか》されたとはいえ、見つけてしまったのは私だから。幼い頃に教えてもらった伝承では、『【天剣】が発見された時代に世は激しく乱れる』とされていたしね。……後は私個人の話よ」

「…………」

俺と白玲《ハクレイ》は顔を見合わせる。『個人の話』、か。

荒野を風が吹き抜けていく。

黙考を終えた明鈴《メイリン》が、いきなり会話に加わってきた。

「唆してなんかいませ～ん！　瑠璃《ルリ》に話を振ったら『私が絶対に見つけてくるっ！』って、凄い興奮して——むぐっ！」

「……だ・ま・れっ！」

金髪少女が手を伸ばし、年上少女の口を手で覆った。反動で互いの帽子が落ちる。

そんな二人へ静《シズカ》さんが慈愛の視線を注がれる中、白玲《ハクレイ》が袖を引っ張って来た。

『本題！』ということらしい。

「瑠璃《ルリ》」

「——……何よ？」

明鈴《メイリン》と取っ組み合いをしている金髪少女の帽子を拾い、埃《ほこり》を払う。

差し出しながら問う。

「この後どうするんだ？　故郷へ帰るのか？？」

「……そんなこと、貴方に話す必要は……」

受け取った金髪少女が顔を伏せる。

俺は腰の【黒星】を軽く叩《たた》いた。

「こいつが本物の【天剣】かどうか、気にならないか？」

「…………それは」

途端に言い淀《よど》む。迷っているようだ。

明鈴《メイリン》が目を輝かせ、白玲《ハクレイ》に何事かを囁《ささや》いている「意地悪な隻影《セキエイ》様もこうして見ると中々良いですね……」「――……同意はしません」「今、考えていませんでしたか？」。内容は聞かない方が良いのだろう。

両手を合わせ瑠璃《ルリ》へ提案する。

「今の張《チョウ》家は人材を求めている。特に【西冬《セイトウ》】をよく知る者を。力を貸してくれ」

こういう時、搦《から》め手を使っても碌《ろく》なことにならない。駄目ならその時だ。

暫《しば》くして、瑠璃《ルリ》が頭を振った。

「――……戦は大嫌い、と言ったわ」

「奇遇だな。俺も大嫌いだ。地方の文官志望なもんでね」

明鈴《メイリン》と白玲《ハクレイ》がこれ見よがしに話し始める。

「白玲《ハクレイ》さん、あれは本気なんですか？　時折口にされていますが……」

「残念ながら本心です。ただし、武才に比べて文官としての才は……」

「おい、そこの麒麟児《きりんじ》共」

ジト目で見やると、普段は対立している少女達は結託して俺を諭してきた。

「いい加減、諦めて下さい。自覚しているんでしょう？」

「『才無き夢は儚《はかな》い』と王英風《オウエイフウ》も遺《のこ》されています」

「ぐぅ！」

お、おのれ、英風《エイフウ》っ！　そんな言葉を遺しているなよっ‼

――クスクス、という笑い声。

瑠璃《ルリ》が歳《とし》相応の表情になった。十五歳というのも頷《うなず》ける。

「貴方《あなた》、本当に変な男ね」

「『仙娘《せんこ》』を名乗る奴には負けるだろ？」

青の帽子を被《かぶ》り、少女は金属棒を取り出し回転させた。

金髪を弄《いじ》り、早口で結論を告げる。

「案内役としてなら。でも――私は戦わない。それで良い？」

「十分だ。白玲《ハクレイ》？」

「私に異論はありません。瑠璃《ルリ》さんはとても良い方です」

「……あ、ありがとう」

瑠璃《ルリ》が恥ずかしそうに礼を言うと、白い花が舞った。

そんな少女を白玲《ハクレイ》と明鈴《メイリン》が見守っている。

俺は愛馬に近づき、少女達へ促す。

「俺達も監視櫓《やぐら》へ行こうぜ。喉も渇いたし、腹も減ったよ。夜は瑠璃《ルリ》の歓迎会だ。滅茶《めちゃ》苦茶《くちゃ》な侵攻が近くても、それくらいは許されるだろ？」

第三章

「軍師殿、お久しぶりです。『灰狼《かいろう》』セウル・バト、ただいま推参致しましたっ！」

一国を託された者が使っているにしては、随分と質素な執務室へ入るなり私は破顔し、返事も待たず、堆《うずたか》く積まれた書類の山に隠れている男性へ敬礼した。

後方に控えている我が師にして副将【黒刃《こくじん》】ギセンも同様だ。

『燕京《エンケイ》』からの長旅だった故、多少軍装は汚れているが……実戦を誰よりも知る御方のこと。理解してくださるだろう。

此処《ここ》は帝国の南西に位置する【西冬《セイトウ》】の首府『蘭陽《ランヨウ》』。

今や偉大なる【天狼《てんろう》】の子アダイ皇帝陛下のものとなった地であり――近い将来、史書にその名を刻まれるであろう決戦場だ。

腕が鳴る！　必ずや陛下に大勝を献上せねばっ‼

私が自らに気合を入れていると――書類の山を掻《か》き分け、蒼白《あおじろ》い顔をし、淡い茶の前髪で糸目が隠れている優男《やさおとこ》が顔を覗《のぞ》かせた。着ている服は黒茶を基調にした地味な礼服だ。

「これは、セウル殿、ギセン殿。ああ、もうこのような時間でしたか」

優男――玄《ゲン》帝国が誇る軍師にして、皇帝陛下の信任篤《あつ》きハショ殿は脇机に設置された水時計を見て、額に手を当てられた。

私物らしい私物は置かれていないが、子供が被るような古い狐面《きつね》だけが飾られている。

「すみませぬ。仕事に没頭してしまうのは私の悪い癖なのです。陛下や師から、幾度か叱責を賜っているのですが……お恥ずかしい。今、お茶をお出し致しましょう」

心底申し訳なさそうに呟《つぶや》かれ、ハショ殿が席を立たれそうになったのを押し留《とど》める。

外套《がいとう》を払い、胸を叩く。

「お気になさらず！　軍師殿がその双肩《そうけん》に背負われている荷を、多少なりとも軽くする為《ため》に我等が推参した次第！　どうぞ、何なりと御命令ください。グエンもそれを望んでいると確信致します」

陛下の天下統一を見届けることなく逝《い》った戦友の名を出すと、鼻の奥がツンとする。

『赤狼《せきろう》』グエン・ギュイは誰よりも勇敢であり、また自らの名誉よりも【玄《ゲン》】の未来を考えて行動出来る尊敬すべき好漢であった。

……仇《かたき》は取るっ。

図らずも私と同じ想《おも》いであったようで、ハショ殿も毛扇を白い手で握り締められる。

小さな鈴を鳴らされると、控えていた異国の少女が入ってきた。従者のようだ。

ハショ殿は「御二人にお茶を」と命じられ、手で座るよう指示される。

「……有難《ありがと》うございます。多少なりとも救われる想いが致します」

私とギセンが会釈《えしゃく》をし、長椅子に腰かけると卓に地図が広げられた。

毛扇が指し示したのは、まず『燕京《エンケイ》』。

そして、大森林と七曲山脈《ななまがりさんみゃく》を通り『蘭陽《ランヨウ》』へと移動していく。

「この国をほぼ無血で落とせたのは、グエン殿が艱難辛苦《かんなんしんく》を耐え、人跡未踏の地を踏破した故。そして。それを御許しになられた皇帝陛下の慧眼《けいがん》……非才たる我が身では、決断出来なかったでしょう。もう少し早く私がこの地に来られれば良かったのですが……」

「行きに軍路を通って参りました。全軍で使用するのは難しくとも、一軍ならば十分使用に耐えるものと確信致します」

「全面的に同意致します」

珍しく寡黙なギセンが会話に加わってきた。

以前酒席で聞いたところによれば……グエンと我が亡父である先代『灰狼』、そしてギセンの三人は初陣《ういじん》以来の戦友だったらしい。

背筋を伸ばし、両拳を打ち鳴らす。

「軍師殿。到着して早々になりますが、この国の内情及び南に巣食う叛乱者《はんらん》共の最新情勢についてお教え願えないでしょうか？」

「喜んで」

少しだけ血色の良くなったハショ殿が首肯される。

従者がお茶を淹《い》れ始め、室内に独特だが落ち着く香りが漂った。

「まず、【西冬《セイトウ》】の国内情勢についてご説明致しましょう」

「お願い致します」

軍師殿の毛扇が地図上の『蘭陽《ランヨウ》』を軽く叩いた。

「グエン殿によれば――『赤槍騎《せきそうき》』主力を持って首府を奇襲した際、抵抗は殆《ほとん》どなかったそうです。西冬王《セイトウオウ》にはもうお会いになりましたか？」

「……ええ。先程宮殿にて」

怒りを抑える為、私は碗《わん》のお茶を飲み干した。吐き捨てる。

「ブクブクと太り、我等に対してはただただ怯《おび》え『い、命だけは！』と叫び、媚《こ》び諂《へつら》う。仮にも、あれが王とは。……生かしておかずともよろしいのでは？」

【西冬《セイトウ》】は交易国家として、長らく天下にその名を知られてきた。

兵こそ弱いが、蓄えられた莫大《ばくだい》な富と、七曲山脈及び北西部の白骨砂漠《はっこつさばく》が我等《われら》の侵攻を長年に亘《わた》り阻《はば》んできたのだ。

誰しもがアダイ陛下のようにはなれぬ、ということなのだろうな。

私が顔を顰《しか》めていると、軍師殿が首肯された。

「一考に値します。個人的には同意も。ですが……その案は皇帝陛下により固く禁じられております」

「と、言いますと？」「…………」

ハショ殿は毛扇で口元を押さえられた。

北方戦線でも見せていた考え事をされている時の癖だ。こうなると、どんなに話しかけても応じてはくれない。

水時計の音だけが室内に響き——理を重んじられる軍師殿は口を開かれた。

「今日到着された御二方には信じられないかもしれませんが……この国には【御方《おんかた》】と呼ばれる真の支配者がいるのです。王族は飾りに過ぎないのですよ」

「【御方】……何者なのです？」

面妖な話だ。

王を操る者がいる？

ハショ殿が困惑を露《あら》わにされながら頭を振られた。

「私も詳しくは。ただ……」

「ただ？」

北方の激戦場にて、如何《いか》なる時も冷静にその采配を振るい、輝かしい勝利を齎《もたら》して来た不敗の男が妖《あやかし》にでも遭遇したかのような反応を示す。

「御本人の話す所によれば──……数百年を生きる『仙女』なのだ、と。多少ならば天候を操ることも出来るそうです。手から花を出す様も見せてもらいました」

「──……ふっ」

一瞬呆気《あっけ》に取られた後、私は思わず吹き出してしまった。

隣のギセンは無表情のままだが、内心では笑っているのだろう。

「軍師殿、流石《さすが》にそれはどうかと。天候を操るなぞ……この国の始祖は『仙娘』である、と聞いてはいますが。ただの詐欺師なのではありますまいか？」

「真実は分かりません。皇帝陛下に深い御考えがあるようですので……。今のところは良好な関係を築いております。西冬《セイトウ》兵も私達が使ってよいようです。無論、内には反目もあるでしょうが使いようでしょう。ああ、グエン殿の戦死が伝わった後、少しばかり騒がしかったですな。あしらったところ、すぐ静かになりましたが」

「……なるほど」

言外の意味を察し、背筋に冷たいものが走る。

グエンが敗れた際、『蘭陽《ランヨウ》』には精々数千の兵しかいなかった筈《はず》。

にも拘《かか》わらず……万を軽く超えていただろう叛乱軍を鎮圧した、と？

『千算《せんさん》』のハショ恐るべし。

「次に【栄《エイ》】ですが――」

私の畏怖に気付かず、毛扇が地図上を滑っていく。

我等にとって因縁の地であり、大陸を貫く大運河の中心点『敬陽《ケイヨウ》』ではなく、そこから南西の国境まで下がり、止まる。

――地名は『安岩《アンガン》』。

「動くようです。兵数約十五万を国境付近の小都市に集結させつつあります。既に『臨《リン》京《ケイ》』の偽帝は侵攻の詔《みことのり》を発しました。警戒すべき張家軍《ちょうかぐん》は極一部が出兵するようですが、張泰嵐《チョウタイラン》自身は敬陽《ケイヨウ》を離れる兆《きざ》しがありません。事前に伝えられていた通りです」

都を出る際、皇帝陛下が我等に訓示された言葉を思い出す。

『張泰嵐《チョウタイラン》は恐るべき相手よ。故に――戦場へは出させぬ』

臨京《リンケイ》に潜ませた『鼠《ねずみ》』を用い、雄敵の動きそのものを封じる。

やはり、我が主上こそ天下を統一するに相応《ふさわ》しい御方だ！

私は興奮に打ち震えながら、唇を吊《つ》り上げた。

「して、軍師殿？　此度《こたび》は如何《いかが》なさる御所存か？　敵は弱兵と謂《い》えど大兵。味方は我が『灰槍騎《かいそうき》』が約五万。それに首府の守備兵が数千余り。西冬《セイトウ》兵に信が置けぬ以上、数では不利となりますが」

「――無論」

普段は殆ど開かぬハショ殿の目が開かれ、戦場で怜悧《れいり》な采配を振るう歴戦の軍師の表情へと一変した。

立ち上がり、毛扇を地図へ叩《たた》きつけ、冷酷に言い切る。

「殲滅《せんめつ》します。生かしては帰しません」

私は笑みを深め、隣に座る歴戦の勇士も鎧《よろい》を叩き全面的な賛同を示す。

積極策は常に我等が好むものだ。

ハショ殿も淡々とした口調に、隠しきれない戦意を滲《にじ》ませながら話を続けられる。

「皇帝陛下にとって、唯一恐れるべき敵手は張泰嵐《チョウタイラン》です。けれど……悲しいかな、あの者は臨京《リンケイ》の愚者共に疎《うと》まれていて、決定的に兵が足りていない。ここで兵を刈り取っておけば次なる大侵攻の際、我が軍の犠牲はより少なくなりましょう」

「相変わらずのご慧眼！　感服致しましたっ‼」

私は頭を下げ、名軍師を称賛した。追従ではない。心底からそう思っているのだ。

『灰狼《かいろう》』なぞと持ち上げられても、所詮私は戦場を駆け、剣を振るい、敵を打ち倒す一将に過ぎない。

大局は決戦に勝つ算段だけでなく、先の一手を見通しておられる皇帝陛下や目の前にいる知者へ任せるべきなのだ。

袖を靡《なび》かせ、ハショ殿が凛《りん》と命じられる。

「ギセン殿――先の戦を生き延び、落ち延びて来た『赤槍騎』二千を貴殿に託します。グエン殿の御無念、戦場で雪《すす》いでいただきたい。皇帝陛下には許可を頂いております」

『赤槍騎』を⁉

私は目を見開き、副将の様子を窺《うかが》った。

敗れたとはいえ『四狼《よんろう》』の一角が率いた我が国の最精鋭だ。

それを我が軍最強の勇士に――心臓が鼓動を高め、興奮が収まらない。

突如硬質な音が轟《とどろ》き、卓上と床が揺れた。

ギセンが両拳を打ち付けたのだ。片膝をつき頭を下げる。

「……非才の身ながら、我が全力を以《もっ》て」

「謙遜は無用です。貴殿にならば歴戦の彼等《かれら》も喜んで従うでしょう。存分に黒刃《こくじん》を振るってください。その戦場は私が必ず用意致します」

「――……はっ！」

戦意を迸《ほとばし》らせた勇士が口元を歪《ゆが》めている。笑っているのだ。

私は敵軍に僅かな憐憫《れんびん》を覚えた。

【黒刃】と『千算』。

そして私――『灰狼』セウル・バトが相手では……彼奴等《きゃつ》、生きて故国に帰れまい。

「では、軍略を説明致します。セウル殿には異論もあられるでしょうが……此度は【御方】の力も用いるつもりです。彼女が何者であれ、使えるものは使い潰し、偉大なる【天《てん》狼《ろう》】の神子《みこ》、アダイ皇帝陛下に勝利を！　それこそがグエン殿の願いであり、私達がこの地にいる唯一の理由なのですから」

*

「糧食は間違いなく揃《そろ》えたな？」

「この薄い紙は何だ？　剝がしていいのか？」

「馬鹿ね。雨除《よ》けの油紙よ。『王《オウ》商店』の心づくし！」

外庭で家人や女官達が、兵站《へいたん》物資について慌ただしくやりとりをしている。

数日前、都から『張《チョウ》家』に届いた正式命令――

『軍は裏切った【西冬《セイトウ》】を此度征討せんとす。張家軍千も急ぎ参陣すべし』

を果たすべく、その準備に追われているのだ。

まさか、本気で親父《おやじ》殿の意見も聞かずに決定するとはなぁ……。

左右の机で、信じ難《がた》い速度で書類を処理中の銀髪と栗《くり》茶髪の少女をちらり。

「……明鈴《メイリン》さん、筆の速度が随分と遅くなっていますよ？　代わりましょうか？」

「……白玲《ハクレイ》さん、目が悪くなったんじゃないですかぁ？　私の方が速いですよ？」

「「～～～っ！」」

白玲《ハクレイ》と明鈴《メイリン》が中央の椅子に座る俺を挟んで睨《にら》み合う。

……こいつ等は。

大河南岸の『白鳳城《はくほうじょう》』に入られた親父殿に代わり、ここは俺が何とかしないとっ！

「良し！　お前等も忙しそうだし、俺も書類仕事を手伝い――」

「貴方《あなた》は座っていてください」「隻影《セキエイ》様、書類は私が見ておきますよ～★」

あっさりと否定される。

二の句を継ごうにも、少女達は筆を素早く動かしながらぴしゃり。

「迷ったら意見を聞きます」「のんびりしていてくださいぃ～」

「…………はい」

俺は力なく返事をし、俯《うつむ》いた。

……こういう時だけ結託しやがって。頰杖《ほおづえ》をつき、窓の外を眺める。

瑠璃《ルリ》の奴《やつ》は朝から姿を見せない。

あの自称仙娘《せんこ》は模擬戦以来、正式に『白玲付《ハクレイ》』となり、うちの屋敷《やしき》で寝起きしているが、今の所決まった仕事はない。

白玲《ハクレイ》や明鈴《メイリン》とは毎日話をしているようだが……一線は引かれている印象だ。

【天剣《てんけん》】を引き合いに出したとしても、戦嫌いに無理強《じ》いするのは気が退《ひ》ける。

軍略についても色々と聞いてみたいんだが、どうしたもんか。

俺がつらつら考えていると、朝霞《アサカ》と静《シズカ》さんが新しい書類を運んできた。

一心不乱に仕事をこなしている少女達と黄昏《たそが》れる俺を見て静《シズカ》さんは全てを察し、くすりと笑う。白玲《ハクレイ》から『戦場には従軍せず、明鈴《メイリン》と静《シズカ》さんを助けるように』と敬陽《ケイヨウ》居残りを厳命され、少々荒れていた朝霞《アサカ》もようやく落ち着いてきたようだ。

「…………はぁ」

いたたまれなくなった俺は息を吐き、おもむろに立ち上がった。

立てかけておいた【黒星《こくせい》】を手にし、入り口へと向かう。

書類に筆を走らせていた白玲《ハクレイ》と明鈴《メイリン》が一瞥《いちべつ》してきた。

「私の許可なく何処《どこ》へ行くんですか？」「逃げたらお仕置きですよぉ～？」

「み、水を取りに行って来るだけだって」

「「…………」」

手をひらひらさせて強い視線を遮り、俺は廊下に出た。

……やっぱり、あいつ等は絶対仲が良い。

げんなりしていると、白玲《ハクレイ》と明鈴《メイリン》の笑い声。

「まぁ、悪いことじゃないな」

俺は口元を緩め廊下を歩きだした。

調理場で水入れを確保し終え、部屋へ続く廊下を歩いていく。

白玲《ハクレイ》はああ見えて心配性なので、時間が経《た》つと探しに来かねない。急がねぇと。

近道をしようと内庭を突っ切るべく足を踏み入れ――

「お？」「……あ」

岩に腰かけ片手で紙袋を持ち、月餅《げっぺい》を頬張っている瑠璃《ルリ》と目があった。

着ている物は道士服で膝上には黒猫が丸くなっている。市場に行っていたらしい。

俺はやや動揺している、今日は帽子を被《かぶ》っていない長い金髪の少女へニヤリ。

「美味《うま》そうだな、一つくれ」

「……駄目よ。これは私の」

少女は紙袋を背中に回し、短く否定してきた。膝上の猫がその拍子で起き、地面へ飛び降りる。

俺にすり寄って来たので抱き上げて肩に乗せ、わざとらしく揶揄《やゆ》。

「そうかぁ～。今の時代の仙娘様はケチなんだな……。仙人や仙娘は人を助けるのが相場だったのになぁ」

煌《トウ》帝国の時代にも『仙人』『仙娘』を名乗る者はいた。

目の前の少女が使ってみせたような奇妙な術は知らないが積極的に施しを行い、民を助けていた。

瑠璃《ルリ》が苦々しい顔をし、紙袋から月餅を放り投げてきたので左手で受け取る。

「……まるで、昔を見て来たように言うのね」

「見たことがある、って言ったらどうする？　お、美味いな」

「…………」

道士服の少女は、ぷいっと顔を横にし、二つ目の月餅を取り出しかぶりついた。

俺は近くの椅子に腰かけ、動き回る猫をあやしながら、蒼穹《そうきゅう》を眺める。

鳥達が気持ちよさそうに飛ぶ光景はのどかで、これから戦地へ向かわなければならないとは思えない。

「良い天気だ」「──良い天気ね」

ほぼ同時にふと言葉が洩《も》れた。

少女と視線が交錯し、

「…………」

何とも言えない気分になってしまった。

俺は腹を見せた猫を撫《な》で回しながら、無理矢理話題を変えた。

「あ～……丁度良いから聞いておく。今回の戦、【西冬《セイトウ》】出身だっていうお前さんは正直どう思う？　因《ちな》みに俺は大反対の立場だ」

「……育っただけよ。生まれた国じゃない。侵攻については一言よ」

紙袋を丸め、瑠璃《ルリ》は俺と視線を合わせた。

『育っただけ』ねぇ。

隠している事情があるようだ。

「上手《うま》くいきっこないわね。大運河を活用出来、【西冬《セイトウ》】の首府や主要都市により近く、かつ大河支流を使えば兵站を維持しやすい敬陽《ケイヨウ》を起点にせず、わざわざ南から攻める。……南部なんて延々と草原が広がっている他は、幾つかの城砦《じょうさい》と寒村があるだけなのに」

俺達が今いる敬陽《ケイヨウ》を侵攻の起点にすれば――西へ真っすぐ進めば河川貿易の中核都市『狐頭《コトウ》』。次いで首府『蘭陽《ランヨウ》』への直接侵攻が可能だった。

大河の支流や幾つかある峡谷突破は難儀だろうが、兵站面では明らかに有利だ。大型船は使えなくとも小舟を使用出来る。

瑠璃《ルリ》が腰から短い金属棒――遠方を見渡す『望遠鏡』という名の道具を取り出しクルクルと回した。

「明鈴《メイリン》に聞いてはいたけれど、【三将】張泰嵐《チョウタイラン》、徐秀鳳《ジョシュウホウ》、宇常虎《ウジョウコ》、臨京《リンケイ》にいる老宰相を除けば【栄《エイ》】には人材がいないようね。【西冬《セイトウ》】の地図も禄《ろく》に入手せず、敵情も正確に分からず、明確な作戦目的も立てず……これで勝ったら奇跡よ」

「…………」

月餅を口に放り込む。残念ながら全て事実だ。

臨京《リンケイ》が示した最終的な作戦目標は、

『**裏切った【西冬《セイトウ》】を懲罰する**』

なんていう、極めて曖昧模糊《あいまいもこ》なものだった。

「徐《ジョ》将軍と宇《ウ》将軍を先陣に置いたのは数少ない正解だ。長期戦は難しい以上、短期決戦で勝利するしかないからな。問題は――」

「先陣の二将を適切に支援出来る快速部隊がいない。玄《ゲン》の騎兵は北方の大草原で後方迂回《うかい》攻撃を多用しているのに、よ？」

瑠璃《ルリ》が言葉を引き継いできた。俺は内心で舌を巻く。

過去だけじゃなく、今の戦場も学んでいるとは。

――この仙娘を名乗る少女には戦を見通す確かな『目』がある。

そういう教育を長年に亘《わた》り営々と受けるだけでは得られない、天与の才だ。

俺の考えに気付かず、道士服の少女は皮肉交じりに提案してきた。

「今からでも遅くないわ。貴方達がその役割を担《にな》えば？　……死ぬ確率も跳ね上がるだろうけど」

「親父殿に進言し、中央にも伝えてもらった。で……あっさりと却下された」

【鳳翼《ほうよく》】と【虎牙《こが》】の戦歴は調べた限り見事の一言。親父殿にも比肩《ひけん》し得る。

……だが、如何《いか》な勇将・猛将と謂《い》えど相手は精強無比な玄軍《ゲン》なのだ。

勝手の分からない未知の戦場で苦戦は必至。

俺は猫を椅子に降ろして立ち上がった。

「！」

ややたじろぐ瑠璃《ルリ》へと近づき、美しい右の翠眼《すいがん》を覗《のぞ》き込む。

「あと——簡単に『死ぬ』って言うな。少なくとも、俺は敬陽《ケイヨウ》から連れて行く連中を殺させるつもりはない。勿論《もちろん》、その中には白玲《ハクレイ》やお前も含まれてる。そうじゃなきゃ、仮にも【天剣】を腰に提げる資格がない。そうだろ？」

すると、瑠璃《ルリ》は目を大きくして身体《からだ》を微《かす》かに震わせた。

項垂《うなだ》れ、素直に謝ってくる。

「ご、ごめんなさい……そういうつもりじゃなかったの……」

白玲《ハクレイ》が『信頼出来る』と断言した理由が分かる気がした。瑠璃《ルリ》は全うな良心を持っている少女なのだ。

この際なので俺は軽口で念押しをしておく。

「ま、最後まで付き合う必要はないからな？　ヤバいっ！　と思ったら離脱しろ。いる間は俺や白玲《ハクレイ》に【西冬《セイトウ》】のことや、敵が取るだろう軍略について教えてくれると助かる」

瑠璃《ルリ》は指の力を抜き、微かに謝意を表に出した。

そして、調子を取り戻し、少しだけ不満気に望遠鏡を指で弄《いじ》った。

「……私は道案内なんだけど？」

「なら、たった今から道案内兼軍師だ。さぁ、我が帷幕《いばく》の軍師殿。敵の策や如何に？」

「……嫌な奴」

睨《にら》んでくるが常日頃、白玲《ハクレイ》に慣らされている俺には微風《そよかぜ》みたいなものっ！

俺は仰々しい動作で頭を下げ、無言で見解を促す。

「…………ほんと、嫌な奴っ！」

少女が大きな声を出すと、猫は驚き逃げていった。

瑠璃《ルリ》はばつが悪そうに「あ……」と零《こぼ》し、背を向ける。

「……国境地帯で迎撃を受けることはまずないわ。『遮蔽物に乏しい草原で大軍相手に会戦を試みる』。張泰嵐《チョウタイラン》や玄《ゲン》の皇帝なら躊躇《ちゅうちょ》しないでしょうけど、普通の神経ならしない」

「国内に引きずり込んで、引きずり込んで──逃げられなくなり、こっちが疲弊し切った上で決戦をしかけてくる、ってことか。常套《じょうとう》手段ではあるな」

「──……普通なら、そうでしょうね」

道士服姿の少女は同意したが、納得していない様子だ。

引っかかるものはあるようだが……この手の才を持つ者が結論を出すのは、何時《いつ》だって突然なことを俺は誰よりも知っている。英風《エイフウ》がそうだった。

何《いず》れ『答え』を導き出してくれるだろう。

俺は小柄な少女へ機密を事も無げに告げた。

「こいつは未確認情報なんだが……【西冬《セイトウ》】を実質的に統治しているのは、アダイの信任が厚い名もなき軍師らしい。そこに『四狼《よんろう》』の一角『灰狼《かいろう》』が加わるみたいだ」

「……軍師……？　今の時代に？？　じゃあ、やっぱり何かしらの計略を考えて……」

瑠璃《ルリ》が真剣に考え込み始めた。

少女の様子を見つめ、本音を漏らす。

「個人的には、実戦経験のない総指揮官殿が『灰狼』に慄《おのの》いて、直前で作戦が中止になることを祈ってるんだ。……『四狼』の相手をするのは二度と御免被りたいからな」

敬陽郊外《ケイヨウ》で戦った『赤狼《せきろう》』グエン・ギュイの姿は脳裏に焼き付いている。

あんな猛将とやり合えば、ただじゃ済まない。

意識を俺へ戻した瑠璃《ルリ》が、ぞっとする程冷たい視線を突き付けてくる。

「希望は……往々にして蹂躙《じゅうりん》される」

「それでも、人に希望は必要だろ？」

「……っ。確かに、そうかもしれない。けど……でも、でも、私はっ！」

一瞬怯《ひる》んだ少女の瞳に業火《ごうか》が揺らめく。

……戦場で良く見た。

過去に自分の大切な存在を喪《うしな》った者が持つ激情と復讐《ふくしゅう》の炎。

こいつが【天剣《てんけん》】に執着しているのは、つまり。

「まったく。何処《どこ》にいるんですか？」「隻影《セキエイ》さまぁ～」

「…………」

白玲《ハクレイ》と明鈴《メイリン》の声が聴こえてきた。どうやら俺を探しに来たらしい。

望遠鏡を握り締めている仙娘《せんこ》へ、

「じゃあ戻る。月餅ありがとうな。猫を頼んだ」

「え？　あ、う、うん……」

戻って来た黒猫を金髪の少女は抱き上げた。

少し進んだ所で振り向き、礼を言う。

「助言感謝する。これからも白玲《ハクレイ》に色々な話をしてやってくれ。あいつ、同年代の友人が出来て本気で喜んでいるんだよ。軍師の件、俺は本気だからな？」

「………………」

道士服の少女が丸めた紙袋を手にし、投げつける動作をした。

軽く左手を振り、宥《なだ》める。

「冗談だ。冗談。また後でな。何か気付いたら教えてくれ」

「……分かったわ」

言葉が追いかけてくることはなく、俺は屋敷《やしき》の中へ。廊下の角から白玲《ハクレイ》と明鈴《メイリン》がやって来るのが見えた。手で合図をしながら、小さく零す。

「どうにかしないと、な」

兵数的に優位でも、敗北した事例は幾らでも戦史に転がっている。

まして、相手は謎の軍師に『灰狼』。厳しい戦いになりそうだ。

俺と白玲《ハクレイ》、そして瑠璃《ルリ》が騎兵千と共に敬陽《ケイヨウ》を離れ、集結地点である『安岩《アンガン》』へと出発したのはそれから五日後のことだった。

＊

「隻影《セキエイ》殿！　白玲《ハクレイ》殿！　お待ちしておりましたっ‼」

栄《エイ》帝国北西の小都市『安岩《アンガン》』。

敬陽《ケイヨウ》に比べ明らかに貧相な正門の前で、俺と白玲《ハクレイ》が率いる一隊を待っていたのは黒茶髪で、肌のよく焼けた美青年――徐飛鷹《ジョヒヨウ》だった。容姿と華美な軍装が相まって大変目を引く。

整列している十数名の兵達も南軍の精鋭のようだ。

「飛鷹《ヒヨウ》？　もう行軍は開始されたんじゃ……？」「お久しぶりです」

疑問を呈しながらも、俺は馬から降りて後方を振り返った。白玲《ハクレイ》もその後に続く。

俺達が騎兵千を率いこの地にやってくるまでの道中、

『**軍主力は既に【西冬《セイトウ》】へ侵攻を開始せり。張家軍《ちょうかぐん》は最後尾を鎮護せよ**』

との副宰相直筆の命令書を受け取っている。

……嫌がらせも此処《ここ》まで来れば、大したもんだ。

逆に徐《ジョ》家軍は先陣だから、飛鷹《ヒヨウ》が此処にいるとは思わなかった。

振り返り、待機中の庭破《ティハ》へ命じる。

「俺達の馬と兵達を連れて先に宿営地へ向かってくれ。馬を労《いた》わった後なら少し酒も出していい。瑠璃《ルリ》はこっちだ！」

「はっ！」「……分かったわ」

庭破《ティハ》が部下を率いて徐《ジョ》家軍の先導役と共に移動を始めた。

頭まで外套《がいとう》を羽織った金髪の少女も下馬し、白玲《ハクレイ》の隣へ。

一人残った飛鷹《ヒヨウ》へ端的に問う。

「戦況は？」

「順調です。御存知の通り西冬《セイトウ》南部に目立った都市はなく、幾つかの城砦《じょうさい》と寒村があるのみ。後はただただ大草原が広がっています。現段階では敵軍の抵抗もなく、軍は『蘭陽《ランヨウ》』へと前進を続けています」

「抵抗が」「ない、ですか」「…………」

俺と白玲《ハクレイ》は小首を傾《かし》げ、瑠璃《ルリ》は黙考し始めた。

当初計画では全軍を『安岩《アンガン》』に集結。

参加全武将を集め大作戦会議を行う予定になっていた。

これは敬陽《ケイヨウ》で確認した皇帝の真印付命令書にも記されていたし、間違いがない。

直接作戦立案に関われなくとも、そこは親父殿《おやじ》。

臨京《リンケイ》の老宰相閣下と連携して、副宰相が暴走することがないよう楔《くさび》を打っていた。

問題は……戦を知らない総指揮官殿が約十五万の大軍に興奮してしまい、俺達や一部兵《へい》站《たん》部隊の到着を待たず、

『遅参者を待たず、侵攻を開始せよ！』

と、大号令を発してしまったことだ。

言うまでもなく命令違反なのだが……親父殿への拭い難《がた》い対抗意識と兵站に対する意識の低さを鑑《かんが》みれば、こうなるのは必然だったのかもしれない。

一度動き出してしまえば、大軍を止めるのは困難なのだ。

飛鷹《ヒヨウ》が秀麗な顔に憂いを浮かべた。

「……父と宇《ウ》将軍も警戒されています。僕は御二方に最新情勢を報告する任を与えられ、待機していた次第です」

徐《ジョ》将軍の苦悩を思う。

武官よりも文官が重用されるこの国で、南軍元師でもある将軍は、副宰相の厳命を面と向かって断ることは出来なかったのだろう。

戦後、どういう難癖をつけられるか分かったものじゃない。

わざわざ息子をこの地に残したのは……悔恨、無念、覚悟、といった複雑な想《おも》いが絡《から》まり合ってのこと。到底責められやしない。

俺は白玲《ハクレイ》と微かに頷《うなず》き合う。こういう時、長い付き合いなのは便利だ。

口元を押さえた瑠璃《ルリ》は「……抵抗がない。つまり、想定される決戦場は蘭陽《ランヨウ》……だけど……」未《いま》だに考え込んでいる。もう少し考えさせておくか。

恐縮している飛鷹《ヒヨウ》の肩を叩《たた》く。

「待たせて悪かったな。一応正式な命令書の期日通りに到着したんだぞ？　……流石《さすが》に、『**張《チョウ》家の方々は最後尾をゆるりと来られるが良かろう。作戦会議に参加せずともよい。我等はその間に首府を落とすとしよう**』なんて書簡が、わざわざ別で届けられるとは思わなかったぜ」

白玲《ハクレイ》を宥《なだ》めるのには苦労した。

大河支流を渡河する際、小舟の上で俺へずっと愚痴を吐きだしていたくらいだ。

美少年が顔を歪《ゆが》め、詳しい事情を教えてくれる。

「……申し訳ありません。父や宇《ウ》将軍は猛反対したのですが、副宰相閣下の意志固く、また禁軍《きんぐん》を率いる黄北雀《オウホクジャク》様も賛同されて……」

「黄《オウ》将軍も副宰相派なのですね……」

乾いた風が吹く中、白玲《ハクレイ》は銀髪を押さえ重苦しい呟《つぶや》きを漏らした。

突然——それまで黙っていた瑠璃《ルリ》が疑問を呈す。

「食料と水は？　収奪されたり、汚されていないの？」

「えっと、貴女《あなた》は……」

飛鷹《ヒヨウ》が金髪の少女に困惑し俺を見てきた。

「瑠璃《ルリ》、うちの軍師殿だ。西冬《セイトウ》に詳しい」「とても信頼出来る人です」

白玲《ハクレイ》もすかさず援護してきた。

ここまでの道中、野営する際も一緒に寝起きしていたこともあってか、二人は随分と気安い仲になっている。

前髪を弄《いじ》りながら瑠璃《ルリ》はそっぽを向いた。照れているらしい。

「……単なる案内役よ。それで、どうなのかしら？」

飛鷹《ヒヨウ》は戸惑いながらも、前線の状況を教えてくれる。

「**『城砦、村落の食料も水も手つかずのまま残されていた**』と父の書簡には書かれていました。また、皇帝陛下の厳命により、現地での略奪は厳に禁じられています。『**我等が懲罰するは西冬《セイトウ》王とそれに列なる者達であり、民ではない**』——尤《もっと》もな御考えかと」

「「…………」」

俺と白玲《ハクレイ》は黙り込む。

確かに順調だ。不気味な程に。

敵軍が国境線で迎撃せず、『蘭陽《ランヨウ》』まで退《ひ》くのは予測していた。

同時にこっちの兵站へ負担をかける為《ため》、村落を燃やす……と思っていたんだが。

「まずいわね……」

「どういう意味だ？」「瑠璃《ルリ》さん？」

金髪の少女が深刻そうに呟き、俺達を見回した。

──右の瞳には底知れない知啓。

「簡単な話よ」

強風が吹き荒れ、砂塵《さじん》と枯れ草を撒《ま》き散らす。

その中で両眼を露わにし瑠璃《ルリ》が断言した。

「相手には、そんなことをわざわざして民から恨みを買わなくとも、勝てる確かな策がある。おそらく狙いは……『煌斉同舟《とうさいどうしゅう》』。西冬《セイトウ》の民の心を【玄《ゲン》】へと一気に傾けるつもりね。動きを見せるのは栄《エイ》軍が首府の手前まで進んだ後よ」

「「…………」」

俺、白玲《ハクレイ》、飛鷹《ヒヨウ》の間を重い沈黙が支配した。

一般的な軍略を学んでいるので、瑠璃《ルリ》の言葉は理解出来てしまったのだ。

『煌斉同舟』――敵対者同士が目的の為、心を一つにする故事だ。

玄《ゲン》軍の考えは現時点である程度、読める。

引き返せない地まで我が軍を進ませた後、騎兵を用いて後方兵站線を寸断。

以後はのらりくらりと野戦に応じず、首府での籠城《ろうじょう》戦すら視野にいれる。

兵站が届き難《にく》い地で、そのような事態になった大軍はどうするか？

余程統率に優れていなければ……現地で略奪を行うしかなくなるだろう。

そうなれば――今は長きに亘《わた》る同盟関係を知っていて、【栄《エイ》】に対し憎しみは持っていない西冬《セイトウ》の民の心は決定的に【玄《ゲン》】へ傾く。


結果として……二国は真の意味で一つとなる。


この策を立てたのが謎の軍師だとしたら、想定以上の難敵だ。

苦衷《くちゅう》を滲《にじ》ませた白玲《ハクレイ》が瑠璃《ルリ》へ静かに問う。

「西冬《セイトウ》王は、どう考えているんでしょうか？　【玄《ゲン》】の属国になっても構わないと？」

「あんな男、所詮はお飾りに過ぎないわっ。この国の全てを決めているのは――……」

冷静沈着な少女が突如声を荒らげ、はっ、とした。

顔を伏せ、白玲《ハクレイ》へ素直に謝る。

「……ごめんなさい。だけど、何の策も立てないまま、首府に向けて突き進むのは危険過ぎると思う」

「隻影《セキエイ》？」「隻影《セキエイ》殿？」

「……概《おおむ》ねは瑠璃《ルリ》の言う通りだろう。嫌な予感しかしねーな」

張《チョウ》家と徐《ジョ》家の跡取り達に見解を促され、俺は水筒を呷《あお》った。

温《ぬる》い水が喉を通り抜けていく。

……寡兵な俺達だけならどうとでもなる。

物資も出来る限り持ち込んでいるし、敬陽《ケイヨウ》から安岩《アンガン》までの輸送路も確立させた。

加えて、敬陽《ケイヨウ》でその業務に関与しているのは王明鈴《オウメイリン》なのだ。

問題は罠《わな》にかかりつつある本隊。

敵軍師の策が瑠璃《ルリ》の読み通りならば、敵首府での決戦は必敗を意味する。

祖父を、祖母を、父を、母を……そして子を殺された西冬《セイトウ》軍十万が、どう考え、どう動くかは容易に想像がつく。『兵数の優位』という唯一の利すら喪《うしな》われかねない。

俺は瞑目《めいもく》し、黒髪を掻《か》き乱す。

「……飛鷹《ヒヨウ》、すぐ前線に戻るんだよな？」

「は、はい！　そのつもりです」

「書簡を書きます」

白玲《ハクレイ》が意図を察して口を挟んできた。『張白玲《チョウハクレイ》』の名が書かれていれば、徐《ジョ》将軍は必ず読んでくれる。

頷き――青帽子の少女と目を合わせる。既に察していたようで、嫌そうな顔だ。

「なら――瑠璃《ルリ》も連れて行って、今の内容を徐《ジョ》将軍へ御伝えしてくれ。あの御方なら、それだけで理解される」

「は、はいっ！　ありがとうございます」

「……私の意思は考慮されないのかしら？」

飛鷹《ヒヨウ》が頬を紅潮させたのに対して、瑠璃《ルリ》はますます顔を顰《しか》めた。

俺はニヤリとし、銀子の入った小袋を少女へ押し付けた。

「案内役の仕事の範疇《はんちゅう》だし、相手の軍略を読んだのはお前だろ？　道中、何かと入用になる筈《はず》だ。そいつは使い切っていい」

「――……嫌な奴《やつ》」

瑠璃《ルリ》は渋々受け取り、白玲《ハクレイ》へ忠告する。

「ねえ、お姫様。考え直すのはもう無理なんだろうけど……この人、絶対教育し直した方がいいわ」

「ごめんなさい。私も常々そう思っているんですが……中々上手《うま》くいかなくて」

「……おい、お前ら」

「何よ？」「何ですか？」

「ぐっ……」

二人の美少女に詰め寄られ、俺は呻《うめ》くことしか出来ない。

徐飛鷹《ジョヒヨウ》は呆気《あっけ》に取られた後、硬くしていた表情を緩めた。

「では、隻影《セキエイ》殿、御武運をっ！」「ああ、お前もなっ！」

拳をぶつけあうと、美少年は嬉《うれ》しそうに部下達の下へ駆けて行った。

瑠璃《ルリ》もその後を追おうと歩き出し、

「そうだった。瑠璃《ルリ》。もう一つ頼み事だ」

俺はその小さな背中に声をかけた。

すると、仙娘《せんこ》は振り向かないまま左手を挙げる。

「『道中の城砦《じょうさい》に投石器が残っているか』――確認しておくわ。放置されているなら良し。……なければ」

言葉はそこで途切れ、少女が歩いて行く。

この撤退が明確な意志を以《もっ》て行われたことの証左。

息を吐き、俺は幼馴染《おさななじみ》の少女の背を押した。

「俺達も行こうぜ。書簡を書いて、瑠璃《ルリ》に託さないといけないからな」

＊

『じゃあ、奴等《やつら》の最後尾を叩いて来る。こっちは任せたぞ――英風《エイフウ》』

馬上で振り返り、俺は眉間に皺《しわ》を寄せている盟友へ笑いかけた。

若い。二十代前半の頃だろう。

場所は一面の大草原。翻《ひるがえ》る味方の旗は【煌《トウ》】。

――……ああ、こいつは夢だな。酷《ひど》く懐《なつ》かしい。

王英風《オウエイフウ》が髪を掻き乱し、機嫌悪そうに答えた。

『お前に言われずとも仕事はする。――……英峰《エイホウ》、住民の食料は』

『手をつけねぇよ。まぁ、諸将から不平不満は出るだろうけどな』

敵地での略奪は、乱世にあって戦術の常道。

うちのように『略奪をした者は死罪に処す』としている方が奇異なのだ。

俺と共に基本的な軍規を定めた英風《エイフウ》が嘯《うそぶ》く。

『皇帝陛下の――飛暁明《ヒギョウメイ》の歩む路《みち》は王道であって然《しか》るべきだ。戦えない民の血で汚れた覇道ではない』

『そうだな』

農民の出の俺達が力を得たから民をいたぶる。……ごめんだな。

盟友が苦悩を露《あら》わにした。

『略奪が短期的に楽な路なことは分かっている。だが、我等は何《いず》れこの地を統治しなければならない。民を苦しめれば』

『何れ必ず自分達の苦労となって還《かえ》ってくる。道理だな』

銅鑼《どら》が叩《たた》かれ、進軍が始まった。大将軍である俺も征《ゆ》かねば。

馬首を翻し――

『ん？　じゃあ、逆に敵軍が略奪を行っていたら、どうする？』

ふと、気になり問う。

すると、英風《エイフウ》は深く嘆息した。

『……はぁ。お前は、戦場以外だと途端に鈍くなる男だな』

『う、うっせぇ！　天下の大丞相《じょうしょう》様に比べれば、誰だってそうだろうが？　……で？』

照れ隠しに怒鳴り、先を促す。

大丞相は微《かす》かに目元を緩め、毛扇を振った。

『簡単なことだ、大将軍。お前が常日頃からやっているようにすれば良い。ただ――それだけのことだ』

『……はぁ？　どういう意味――……』

＊

「う〜ん……」

夢から意識がゆっくりと戻ってきた。

……誰かに頭を撫《な》でられている？

目を開けていくと、

「――……あ」

天幕越しに感じ取れる朝陽《あさひ》の中、床几《しょうぎ》に座った白玲《ハクレイ》と目があう。

既に身支度を整え、右手は俺の頭に置かれている。

……あれ？　どうして、こいつが俺の天幕にいるんだ？？

表情に出ていたのだろう、幼馴染の銀髪少女は手を自分の胸に戻して唇を尖《とが》らせた。

「……だ、だって………昨晩も話せてなかったから……」

「あ～なるほどなぁ」

習慣の夜話は敬陽《ケイヨウ》を出て以降、瑠璃《ルリ》や兵達の目もあるしで中止していた。

四日前、徐飛鷹《ジョヒヨウ》と共に前線へ出向いた金髪少女が戻ってくる前に、ということだろう。

張白玲《チョウハクレイ》は一見冷静沈着な完璧御嬢様《おじょうさま》なのだが、寂しがり屋でもあるのだ。

無論、白玲《ハクレイ》自身が親父《おやじ》殿の教えを踏襲。

現地住民へ食料や薬を分け与え、村落の外に隊を野営させていることもあって、行軍が頗《すこぶ》る順調だからなのだが……上半身を起こし夜具をどけ、銀髪少女の頭をぽん。

白玲《ハクレイ》は不満そうに「……う～」と零《こぼ》しながら立ち上がった。首筋が赤い。

「――……おはようございます」

「お、おはよう」

今までの流れは全部なかったことにするつもりらしい。

苦笑しながら枕元の【黒星《こくせい》】を手にすると、白玲《ハクレイ》が布を差し出してきた。

「さ、とっとと準備をしてください。今日こそは朝の鍛錬をしますよ」

「おー」

夜話の代わりらしい。

布を近くの水桶《みずおけ》に浸して顔を洗い、歯を磨く。

今回の侵攻で有難《ありがた》かったのは、思ったよりも水が豊富だったことだ。

村落の古老によると大河由来らしく、乾季の時も涸《か》れることはないらしい。

「……寝言」

白玲《ハクレイ》がテキパキと俺の夜具と床几を片付けながら、話しかけてきた。

口をすすぎ、布を絞る。

「楽しそうに喋《しゃべ》ってました。……誰が相手だったんですか？」

「そうか？　ん～……行軍中だし、多少疲れがあるのかもな」

話を逸《そ》らし、着替え等が入っている背嚢《はいのう》へ近づく。

この程度の行軍でどうこうなりやしない。かと言って、

『実はな？　俺、皇英峰《コウエイホウ》の生まれ変わりなんだ！』

……駄目だ。どう考えても心配される。

俺は背嚢から着替えを取り出す。

「あ～――……白玲《ハクレイ》さんや」

「何です？」

猜疑《さいぎ》心も露わに美少女が目を細めた。

静かな風の音と小鳥達の囀《さえず》りが聴こえてくる。

「いや、すぐ着替えるから、その間だけ外に」

「――……私は気にしません。第一今更です」

今更じゃないっ！

確かに餓鬼の頃は温泉に入るのも一緒だった。

……がっ！　少なくとも部屋を分けた十三歳以降、そんなことはないっ。

動こうとしない少女へ、大きく手を振る。

「俺が気にするんだよっ！　出・て・ろっ!!!」

「……仕方ないですね」

不承不承といった様子で、ようやく白玲《ハクレイ》は外へ出て行った。

……何か理由をつけて、夜話を再開した方が良いかもな。

着替えを終え、外に出る。

草原の朝陽が眩《まぶ》しい。時刻は——明け方、といったところか。

寒さを感じる程でもないが随分と上空の雲の動きが速い。雨が降るかもしれない。

時折、聴こえてくる嘶《いなな》きは周囲を警戒している騎兵のものだ。

進んでいる街道上にあるのは瑠璃《ルリ》が話していた通り、城壁どころか土塁すらない貧しい村落ばかりだったが警戒は怠れない。

平和に見えてもここは敵地なのだ。

近くにいた白玲《ハクレイ》へ詫《わ》びる。

「待たせた。さ、行こうぜ」

「………………」

黙ったまま、蒼眼《そうがん》に少しの怒りと強い拗《す》ねを滲《にじ》ませたまま俺の傍《そば》へ歩いてきた。

細い指が鼻先に突き付けられる。

「……いいですか？　軍の最後尾とはいえ、此処《ここ》は敵地。天幕への侵入に気付かないなんて、気が抜けています」

「そうかぁ？　でもなぁ」

「……何です？」

両手を後頭部に当て、野営地の外へと向かう。

後ろをついて来る少女の顔を見ず、俺は素直な感想を述べる。

「入って来たのはお前だろ？　だったら、油断しても問題ないんじゃ？」

「………………隻影《セキエイ》のバカ」

背中をポカポカと叩かれる。どうやら機嫌は直ったらしい。

足を弾ませ、白玲《ハクレイ》が俺の前に出た。銀髪を靡《なび》かせ、クルリと回転。

腰の【白星《はくせい》】が音を立てる。

「さっ、皆が起きる前に鍛錬を始めますよ。まずは貴方《あなた》からです」

「へーへー」

俺は距離を取り瞑目《めいもく》した。

――意識が澄み渡っていく。

直後、かっ、と目を開け抜剣！

漆黒の刃《やいば》を縦横無尽に振るう、振るう、振るう。

最後に両手で持ち、踏み込んでの全力斬撃！

突風が吹き荒れ、地面に茂る草の朝露を舞い散らした。飛び散る水滴が朝陽で輝く。

「問題なし。次はお前の番だぞ」

【黒星】を鞘《さや》へ納め、俺は片目を瞑《つぶ》る。

剣舞を見つめていた少女が重々しく頷《うなず》いた。

「了解、です」

蒼眼を閉じて集中していく。

長く美しい銀髪を緋色の髪紐《かみひも》で結った、純白の軍装を身に纏《まと》った張白玲《チョウハクレイ》。

──絵になるよな、ほんと。

白玲《ハクレイ》の手が剣の柄に添えられ、

「せいっ！」

裂帛《れっぱく》の気合と共に横薙《な》ぎ。次いで、斬り上げ。

純白の剣閃《けんせん》が瞬《またた》き、速度がどんどん上がっていく。

俺とは異なる、華麗かつ速い剣舞。

実戦を経験し、より一層凄《すご》みを増したようだ。自然と顔が綻ぶ。

最後に姿勢を落とし、白玲《ハクレイ》は両手突きを放ち──

「ふぅ」

息を大きく吐き、優雅な動作で【白星】を納めた。額の汗が光に煌《きら》めく。

俺は手を叩き、懐《ふところ》から汗を拭う白布を取り出し放り投げた。

「随分と馴染《なじ》んだみたいだな。『剣が抜けないんです』っていう話は勘違いだったか」

両手で布を受け取り白玲《ハクレイ》がむくれ、小言を零す。

「……勘違いじゃありません。私をからかって、きゃっ」

「っと」

強風が吹き荒れ、地面の枯れ草を撒《ま》き散《ち》らした。

俺は咄嗟《とっさ》に距離を詰めて、白玲《ハクレイ》を抱きかかえる。

「――……あ」「大丈夫か？　今の風はかなり強かったな」

腕の中の少女に話しかけ、手を離す。

途端――

「う～！　ど、どうして、貴方は何時《いつ》もそうなんですかっ！　こ、こういうのを、いきなりするのは反則なんですっ⁉　わ、私の身にもなってくださいっ！！！！」

白玲《ハクレイ》が唸《うな》り、俺の胸に小さな拳を叩《たた》きつけてきた。

「痛い、痛いってのっ！　仕方ないだろっ⁉　勝手に身体《からだ》が動いちまったんだから」

「へぅ？　そ、それって……あの………」

「──……こほん」

「！」

これ見よがしな咳払《せきばら》い。

二人して目線を泳がすと外套《がいとう》を羽織った瑠璃《ルリ》が楽し気な笑みを浮かべていた。

「もしかして……私、お邪魔だった？」

夜を徹して馬を走らせてきたのだろう。表情には疲労が見て取れる。

翡翠《ひすい》の瞳には危機感と憂いも見て取れた。

「お疲れ」「お、お疲れ様です、瑠璃《ルリ》さん。無事に戻って来てくれて良かった」

白玲《ハクレイ》が少女に駆け寄り、両手を取る。

少しだけ照れくさそうにしつつも、抵抗せず受け入れた仙娘《せんこ》が俺へ伝えてきた。

「まず、報告しておくわ。現在、徐《ジョ》、宇《ウ》の両将は既に首府手前の廃城跡に布陣。本軍の到着を待ち、早ければ数日内に蘭陽《ランヨウ》攻めを開始するとのことよ」

首府まで指呼の間か……そろそろ仕掛けてくる頃合いだろう。

白玲《ハクレイ》に抱きかかえられる形になった瑠璃《ルリ》へ確認する。

「徐《ジョ》将軍は何て言ってた？」

「私の話を真摯に聞いてくれたわ。宇常虎《ウジョウコ》にも話をしてくれるとも。……ただ」

瑠璃《ルリ》の右目に憤《いきどお》りと諦念が表れる。

【鳳翼《ほうよく》】【虎牙《こが》】の両将と謂《い》えど、楽観主義に染まり切った本営の空気、一朝一夕に変えられるものではないか。

青帽子の少女が目を細めた。

「道中の村落で貴方達の話を聞いたわ。『高名な張《チョウ》将軍の御子息達は若いながら、大変立派な方々です。貧しい村の者に食料や薬を分け与えてくださったと聞き及んでおります』――今も昔も『名将』と讃《たた》えられた者は、民を虐《いじ》めずに慰撫《いぶ》する。古《いにしえ》の皇英峰《コウエイホウ》と同じ方針を敵地でも貫き通すなんて中々出来ることじゃないわよ？　南部は交易路から外れていて北部よりも貧しいし……一気に噂《うわさ》は広まっていくでしょうね」

「ありがとうございます。父の教えなので」

瑠璃《ルリ》の言葉を聞き、白玲《ハクレイ》がはにかむ。

『お前が常日頃からやっているようにすれば良い』

……暁明《ギョウメイ》、英風《エイフウ》。俺の考えはまだ生きているみたいだぞ？

やや感傷に浸っていると青帽子の少女は白玲《ハクレイ》の拘束から脱し、身体を伸ばした。

天幕へと歩き出し、小さな手をひらひらさせた。

「……それじゃ私は少し眠るわ」

「了解だ」「本当に有難《ありがと》うございました」

蘭陽《ランヨウ》から軍の最後尾までは、駿馬《しゅんめ》でも行きだけで三日はかかるだろう。

なのに、瑠璃《ルリ》は往復四日で戻って来た。余程無理をしてくれたのだ。

敬陽《ケイヨウ》に帰ったら礼をしないと——小さな背中が途中で止まった。

そして肩越しに俺を見た。双眸が恐ろしく冷たい。

——ゾクリ、と背筋が震える。

「投石器は各城砦《じょうさい》から悉《ことごと》く引き揚げられていたわ。武装も根こそぎね。『余剰戦力の抽出と集中』——史上唯一の大丞相《じょうしょう》、王英風《オウエイフウ》が好んだ策よ。敵軍師は【王英《オウエイ》】の軍略を忠実に模倣しているんじゃないかしら？」

＊

「以上——策は件《くだん》の如《ごと》しとなります」

西冬《セイトウ》の首府『蘭陽《ランヨウ》』。

主無き王宮、その謁見の間に軍師ハショ殿の静かな、けれど隠しようのない自信に満ち溢《あふ》れた声が響き渡った。

私は思わず手を握り締め、隣のギセンと頷きあう。

『偽帝の軍を奥地まで引きずりこみ、油断を生じさせた上で兵站《へいたん》部隊を叩きます』

軍師殿の策は必勝の策。

なれど……我等とて『狼《おおかみ》の子』。

敵が大兵だろうとも、喰《く》い破る自負は誰もが抱いていた。

此度《こたび》の戦――必ずや大勝し、『灰狼《かいろう》』セウル・バトと『灰槍騎《かいそうき》』の勇名を天下に轟《とどろ》かせてみせようぞっ！

諸将も鎧《よろい》を一斉に叩き強い戦意を示すと、毛扇を持たれた軍師殿も表情を崩された。

「皆さん、今日までよく耐えてくれました。かつて――先帝と帝国を裏切り、不遜にも『皇帝』を名乗って恥じようともしない者を主に戴《いただ》く者達をのさばらせたのは何故《なぜ》か？」

外から強い雨の音が聴こえる。天も我等を祝福してくれているようだ。

ハショ殿が毛扇を大きく振られた。

「それは――……ただ勝利の為《ため》！　偉大なる【天狼《てんろう》】の神子《みこ》、アダイ皇帝陛下の栄光を遍《あまね》く、天下の隅々まで届ける程の勝利を得る為!!」

心臓が熱くなり、身体が震える。何という栄光。これ程の栄誉が他にあろうか？

敬陽《ケイヨウ》の地にて志半ばで逝《い》った戦友を想《おも》う。

グエン、貴殿の無念、今こそ私とギセンが払おうぞ！

軍師殿が微笑《ほほえ》まれる。

「私は——皆様にその為の『策』を授けました。後は全てお任せ致します。『灰狼』セウル・バト殿」

「はっ！！！！！」

前方へと進み諸将に向き直る。

皆の瞳に恐ろしい程の戦意——勝てる。間違いなく。

「皆、軍師殿の御言葉を胸に刻んだな？　今宵《こよい》——我等は荒天に乗じて蘭陽《ランヨウ》を出撃」

短剣を抜き放ち、机上の地図に突き刺す。

「明け方を以《もっ》て——敵の兵站部隊に痛打を与える！　さすれば、その後必ずや敵主力を野戦に引きずり込み、殲滅《せんめつ》すること能《あた》おう」

隣のハショ殿、黒き大剣を背負うギセンと目を合わせ——私は獅子吼《ししく》した。

「征《ゆ》くぞっ！！！！　アダイ皇帝陛下に勝利をっ！！！！！」

『オオオオオオオオオオオオオ！！！！！！！！！！！』

諸将が雄叫《おたけ》びをあげ、謁見の間を一斉に出ていく。

私も短剣を納め、両手を合わせた。

「では軍師殿！　吉報をお待ちくださいっ‼」

「頼みます。……ギセン殿」

軍師殿が我が軍最強の勇士を見上げた。

その表情には懸念《けねん》。ギセン自らが直訴した例の件についてであろう。

「貴殿だからこそ、少数で敵軍最後尾の『張家軍』を叩く案を了承しました。敵に与える衝撃効果は大と確信もしていますが、グエン殿を討ったという張泰嵐《チョウタイラン》の娘と息子が従軍しているかは不明なのです。無理はなさらぬよう。決戦には【黒刃《こくじん》】の力が必要です」

凄《すさ》まじい稲光が走り、ギセンの左頬の傷を目立たせた。

「…………」

我が軍最強の勇士が深々と頭を下げる。

大丈夫だ。ギセンに油断は微塵《みじん》もない。必ずや戦果を挙げて還《かえ》って来るだろう。

私と『灰槍騎』は別部隊を叩かねばならないが……問題はあるまい。

戦場の【黒刃】を止められる者なぞ、この世に存在し得ないのだ。

誰よりも頼りになる剣の師にして副将と拳を合わせ、次いでハショ殿に笑いかける。

「それにしても……まさか本当に雨が降るとは思いませんでした。例の【御方《おんかた》】の予見も存外侮《あなど》れませんな」

「……奇怪ではあります」

再び凄まじい稲光と雷鳴。

軍師殿がますます目を細められるのが分かった。

「ただ、天候を操ることなぞ人の身には叶《かな》いません。何かしらの『種』があるのでしょう。今はその力、有難《ありがた》く使わせてもらいましょう。……後の決戦場でも」

＊

その日の明け方――天幕を出ると、村落郊外の野営地は白い霧に覆われていた。

昨晩まで降り続いた雷雨の影響か、朝陽《あさひ》は出ているものの遠目がまったく利《き》かない。警戒に就いている者達以外はまだ寝ているのだろう。

『隻影《セキエイ》、独りで鍛錬へ行かないでくださいね？』

脳裏に白玲《ハクレイ》の整った顔が浮かんできた。……これは散歩だ、うん。

――瑠璃《ルリ》が戻って早三日。先陣と本隊は合流を終えたようだ。

このまま『蘭陽《ランヨウ》』を攻めるのか。それとも、【西冬《セイトウ》】と交渉を行うのか。

飛鷹《ヒヨウ》の書簡によれば議論は紛糾し一向に定まらず……決定者である林忠道《リンチュウドウ》は臨京《リンケイ》より連れて来た多くの女を侍《はべ》らし、毎夜遊興に耽《ふけ》っているという。

老宰相閣下の手腕により苦労しながらも兵站が維持されている為、目立った略奪が行われていないことは不幸中の幸いか。

兵站部隊の大半は命令を受け、俺達を残し最前線へと進んでいる。

……もし、敵軍師が瑠璃《ルリ》の推察通り英風《エイフウ》の軍略を模倣しているのならば。

不吉な考えを抱いていると足音がし、朝霧の中から庭破《テイハ》が現れた。

兜《かぶと》と鎧が濡《ぬ》れている。自主的に巡回を行ってくれていたのだろう。

手を軽く挙げると、驚いた様子で青年武将は敬礼した。

「これは……おはようございます！　隻影《セキエイ》様」

「おはよう。妙に目が冴《さ》えちまったんだ。異常はないか？」

「ありません。ただ一部から『何時《いつ》まで待機なんだ？』という疑問が出ております」

「道理だな。答えてやりたいが……俺達にも分からない、とは言えんしな」

俺は前髪についた草を取り、歩を進めた。腰の【黒星《こくせい》】が音を立てる。

少しずつ陽光が周囲を明るく照らしていく中を進んでいくと——

「よぉ。お前も随分と早いな。あいつは一緒じゃないのか？」

「………………」

ポツンと立っている樹木の下、白玲《ハクレイ》と一緒に寝起きしている瑠璃《ルリ》が立っていた。

手には畳んだ傘と望遠鏡、何時も通りの青帽子と道士服に外套《がいとう》。

大分前からこの場にいたようだ。金髪と翡翠《ひすい》の瞳が憂いの光を放つ。

「……目が冴えただけ。白玲《ハクレイ》はまだ寝ているわ。抱き着かれて大変なのよ？」

「悪いな。うちの妹が迷惑かける」

「妹？　強《し》いて言えば、貴方《あなた》が弟だと聞いたけど？」

「見解の相違があるんだよ」

苦笑しながら俺は軽く頭を下げ、瑠璃《ルリ》の隣へと進んだ。

広がっている筈《はず》の草原は白霧の海に沈んでいる。

「昨日のとんでもない雷雨……この季節、【西冬《セイトウ》】ではあんななのか？」

風が吹き、新しい土の匂いを運んできた。

金髪を小さな手で押さえた瑠璃《ルリ》が教えてくれる。

「滅多にないわ。年に精々数える程度で何時起こるのかも分からない。唯一分かるのは」

「分かるのは？」

問いかけつつ、俺は前方を見渡す。

今、微《かす》かに馬の嘶《いなな》きが聴こえたような？

瑠璃《ルリ》が嫌そうな顔になり頭を振った。

「――……何でもない。とにかく、あんな雷雨はもう降らないと思うわ」

「了解。庭破《テイハ》、警戒に出ている兵の交替を」

俺が命令を出そうとした――正にその時だった。

激しい馬の嘶きと絶叫が朝靄《あさもや》を貫き、俺達の耳朶《じだ》を打ち、

『オオオオオオオオオオオオ！！！！！！！！！！！！！』

「「「っ！」」」

多数に重なった咆哮《ほうこう》と此方《こちら》に向けて疾走してくる軍馬の大音響。

俺は即座に【黒星】を抜き放つ。

朝靄を貫き、赤に染められた兜と軽鎧を身に着けた騎兵が現れる。

『赤槍騎《せきそうき》』だと⁉

「殺っ！」

敵意と共に敵兵が恐るべき速さで槍《やり》を突き出してくる。狙いは瑠璃《ルリ》か！

身体《からだ》が勝手に動き、呆然《ぼうぜん》としている金髪少女の前へ。

槍を両断し、返す刃《やいば》で擦れ違い様に敵兵の胴を払う。

血しぶきが舞う中を跳躍し、次の騎兵を蹴り飛ばす。

宙に舞った槍を他の騎兵へ放り投げ、胴を貫き絶命させ着地。

前方を向いたまま、金髪少女を怒鳴りつける。

「馬鹿野郎っ！　突っ立ってないで逃げろっ‼　庭破《ティハ》、皆を叩《たた》き起こして指揮を執れっ！

此処《ここ》は俺が食い止める‼　行けっ！！！！」

「っ！　わ、分かってる、わよっ」「……はっ！」

ようやく我に返り駆けだした少女と青年士官を見送り、周囲を見渡す。

朝霧が晴れていく中、多数の騎兵――ざっとみたところ、約百騎程が俺達を遠巻きにしている。ほぼ全騎が赤い鎧《よろい》兜《かぶと》姿。『赤槍騎』の残党か。

その中の一人が俺へ槍を突きつけ、凄まじい叫びを発した。

「**張隻影《チョウセキエイ》っ！！！！！！！！！！！！！！！！**」

敵騎兵達の顔に強い敵愾心《てきがいしん》と畏怖が露《あら》わになり、次々と弓へ矢をつがえていく。

接近戦をするつもりはないらしい。

剣を握り直し俺は不敵に笑う。

「はっ……俺も随分と有名になったもんだな」

敵騎兵の間にざわめきが広がる。虚勢は戦場において有効な手だ。

――現状は間違いなく窮地。

侵攻軍最後尾の俺達すら襲撃対象になった。

今頃はおそらく全兵站《へいたん》部隊が襲われていることだろう。

……瑠璃《ルリ》は敵の軍略を見切っていたのにっ。

隊列内にいる隊長格らしい隻腕の敵老騎兵が槍を掲げた。すぐさま弓が引き絞られる。

これだけの数を捌《さば》くのは骨だな。

白玲《ハクレイ》が隊の統率を執るまで生き残らないといけないんだが。

覚悟を固めていると、背中に決死の声がぶち当たる。

「若、短慮はなりませぬ！」「隻影《セキエイ》様を御守《おまも》りしろっ！」「楯《たて》を！」「撃ちまくれっ！」

鎧兜すらまともに身に着けていない十数名の古参兵達が駆けつけて来た。

すぐさま楯を並べ、牽制《けんせい》の矢を放ち始める。

『！』

とても奇襲を喰《く》らった軍には見えず、敵軍が一旦距離を離していく。

直前まで寝ていたのだろう兵達に、俺は文句を言う。

「……お前等《まえら》なぁ、出来れば白玲《ハクレイ》を守ってほしいんだが？」

「白玲《ハクレイ》御嬢様《おじょうさま》と庭破《テイハ》様の命にてっ！」「命を惜しまれますよう」「既に他部隊も迎撃を開始しております」「敵は寡兵です。立ち直ればどうとでもなりますっ！」

流石《さすが》は地獄の敬陽《ケイヨウ》攻防戦を生き残った連中だ。肝が据わっていやがる。

内心で舌を巻きつつ、俺は強弓と矢筒を受け取り、

「あの御嬢様め。後で説教しないと、なっ！」

『～～っ⁉』

楯ごと敵騎兵を射貫《いぬ》く。敵の老隊長が顔を歪《ゆが》め、何事かを叫んだ。

すぐさま敵部隊が、矢を放つ援護部隊と突撃部隊に分かれていく。

主将である『赤狼《せきろう》』を喪《うしな》ったとはいえ……こいつ等の『牙』は未《いま》だ鋭い。

【黒星】を片手に持ちつつ、矢を速射しようとし——

「誰が、誰をお説教するとっ！」

銀髪蒼眼《そうがん》の少女が白馬を駆って現れ、俺を咎《とが》めてきた。

髪も結ばずおろしたまま。手には弓を持ち、腰には【白星《はくせい》】を提げている。

矢が飛び交う中、見事な騎射で敵騎兵を牽制し仮陣地へ入ると白馬を座らせた。

すぐさま馬を降り俺の隣へ。

敵の状況を油断なく確認しつつ、白玲《ハクレイ》を叱責する。

「……お前は隊の指揮に専念しろよ」

「嫌です。そっちは庭破《ティハ》に任せました」

「ったく！　どいつもこいつも、どうして、死に急ぎたがるんだかっ‼」

三本の矢を同時に放ち、三騎を落馬させる。

即座に反撃の矢が数十本降り注ぎ、近くの楯に突き刺さった。

「第一、ですっ！」

白玲《ハクレイ》も矢を放ちながら、俺を見ず堂々と告げてきた。

「戦場での私の居場所は『此処』だと決まっています。誰にも否定はさせません！」

隻腕の老隊長近くにいた敵騎兵が怒りに顔を染め、射線上に身体を曝《さら》した。

「仕方ない奴《やつ》っ！」「貴方程じゃありませんっ！」

二人で同時に放ち――狙い違《たが》わず心臓を射貫く。

『オオオオ！！！！！』『っ⁉』

味方の士気がはっきりと高揚し、敵の士気が揺らいだ。

これでどうにか――背筋に信じ難《がた》い程の寒気が走った。

「白玲《ハクレイ》っ！　お前等も退《ひ》けっ！！！！！」「えっ？」

咄嗟《とっさ》に少女を抱きかかえ後方へ全力で跳びつつ、俺は兵達に叫んだ。

直後――逃げ遅れた兵達が投げ槍で楯ごと吹き飛ばされて宙を舞い、地面に叩きつけられた。

『なっ⁉』

白玲《ハクレイ》と地獄の戦場を生き延びた強者達が絶句する。

俺は呆気《あっけ》に取られている少女を地面に降ろし、生き残った近くの兵達に短く命じた。

「……白玲《ハクレイ》を連れて、今すぐ離れろ」

そして、愛剣を握り締め——前へと進み出る。

「せ、隻影《セキエイ》！」

白玲《ハクレイ》が悲鳴をあげるが応える余裕はない。

敵の隊列が割れ、巨馬に乗り、手に黒き大剣を持つ黒髪黒眼の敵将が姿を見せた。

全身黒装で左頬には大きな刀傷がある。

……間違いない。

さっき、投げ槍で楯と兵達を吹き飛ばしたのはこいつの仕業だ。

男は巨馬から降り立つと無造作に歩を進め、大剣を肩へ載せた。


こいつは、化け物だ。


とてもじゃないが、数十名の兵で止められる存在じゃない。

俺が時間を稼がないと皆殺しにされる。

敵兵が『**ギセン！　ギセン！　ギセン！**』と絶叫し始めた。

「…………」

敵将は無表情のまま猛烈な音を立てて大剣を振るい――すぐさまそれを止めた。

俺へ刃の如《ごと》き眼光を放ち、名乗る。

「【黒刃《こくじん》】ギセン」

「……張隻影《チョウセキエイ》だ」

俺が名乗るや、恐るべき敵将は眦《まなじり》を吊《つ》り上げ、くぐもった嗤《わら》い声を発した。

瞬間――唸《うな》りをあげて振り下ろされた大剣と迎撃する【黒星《こくせい》】とが激突。

火花が散り、漂っていた白霧が千切れる。

ギセンの唇が歪み、犬歯を剝《む》き出しにした。

「――……面白き」

「ぐっ！！！」

想像を絶する程に重く、速い斬撃。

愛剣と大剣が接触する度、悲鳴のような金属音が音楽を奏《かな》でる。

【黒星】じゃなかったら一撃目で剣が折れていただろう。

だが、衝撃は殺しきれず、余りの暴威に後退を強いられる度、身体全体に痛みが走る。

俺はそんな化け物じみた敵将の攻勢を辛《かろ》うじて受け流し、横薙《な》ぎを利用して距離を取り、

問うた。

「お前……いったい何者だっ！　どうして『赤槍騎』を率いている？　しかも、その技量。『四狼《よんろう》』の一人なのかっ‼」

「…………」

敵将は無言のまま、大剣で俺を貫かんと槍のように突き出し、一直線に突撃してきた。

信じ難いことだが……途中の地面が捲《めく》れ上がっていく。

人の出せる力か、これがっ⁉

「会話を楽しむっ、気も、ねーのかよっ！」

躱《かわ》そうとすれば——殺《や》られる。

剣を両手持ちにし受け流そうとするも、

「がっ！」「やる……だが、死ね！」

今までで最大の金属音と共に俺は大きく吹き飛ばされ、地面に叩きつけられた。

ギセンがすぐさま身体《からだ》を返し、再突撃の構え。速いっ！

「**絶対にやらせないっ！！！！**」

白玲《ハクレイ》が重い空気を振り払って鋭い矢を次々とギセンへ放ちながら、乱入してきた。

完全な奇襲だったが通じず大剣が一閃《いっせん》。バラバラにされた矢が地面へ落下する。

――しかし、その決死の行動が戦場の空気を一変させた。

味方の兵達も白玲《ハクレイ》に倣《なら》って弓を引き絞り、敵もまた槍《やり》や弓を構える。

対してギセンは俺と白玲《ハクレイ》へ鋭い目線を向け、唇を歪めた。

「……災禍を呼ぶ銀髪蒼眼の少女……張泰嵐《チョウタイラン》の娘か」

「…………」

俺達は答えない。

奇妙な膠着《こうちゃく》が戦場を支配する中――震え混じりの絶叫がそれを破った。瑠璃《ルリ》だ！

「も、目標っ……黒装の敵将っ！！！！　撃ってっ！！！！！！！！！！！」

「ぬっ⁉」

甲高い轟音《ごうおん》と慣れない火薬の独特な匂い。

顔面を蒼白《そうはく》にしている瑠璃《ルリ》に指揮され、横槍《よこやり》を入れた兵達が持つ十数本の『火槍《かそう》』は音と細かい石を竹筒から吐き出し、大剣で防御したギセンに多少の手傷を負わせた。

「敵は寡兵だっ！　包囲して討ち取れっ‼　御二人を守るのだっ‼!」

庭破《テイハ》の怒号が飛び、俺と白玲《ハクレイ》を守る為《ため》、次々と騎兵が突入してくる。

敵軍に僅かな動揺が走る中、後退したギセンが手に持つ大剣を激しく軋《きし》ませた。

「……次は討つ。退けっ！」

冷たい瞳に激烈な感情を滲《にじ》ませると、怪物は巨馬を駆り、撤退を開始した。

次々と戦死者を回収していくが俺達は追撃出来ない——……動けないのだ。

地平線の先に敵軍が消えるのを確認し、俺はようやく息を吐き、【黒星】を納める。

「——……ふぅ。お？」「隻影《セキエイ》っ！」

倒れ込みそうになったところを白玲《ハクレイ》に受け止められる。

泣きそうな少女の横顔に本音を零《こぼ》す。

「……世の中は広いな。まさか、あんな化け物がいやがるとは。お前は大丈夫だな？」

「…………はい」

白玲《ハクレイ》の身体が震えている。

体勢を整え、顔を覗《のぞ》き込むと、涙を流しながら小さく零した。

「……ごめんなさい。私、間に入れなかった。貴方《あなた》を守らないといけなかったのに」

「ばーか」

「！」

少女の額を指でほんの軽く打つ。

「お前が助けてくれなかったら、俺は死んでた。ありがとう。……また命を助けられたな」

「………バカ」

白玲《ハクレイ》は俯《うつむ》き、俺の胸に頭をつけた。

背に手を回そうとし――兵達の生暖かい視線に気づく。

「若、抱きしめる場面では？」「俺達のことは気にせずっ！」『そーだ！　そーだ！』

「お、お前等、うるせぇぞっ！　怪我人《けがにん》の救護と被害の報告を急げっ‼」

『はっ！』

見事な敬礼をし、皆が散っていく。……一人も死なせたくなかったんだが、な。

白玲《ハクレイ》が顔を上げ、口を開いた。

「瑠璃《ルリ》さんのおかげで助かりましたね。『火槍』は有効です」

「ああ。問題は耐久性だな」

兵達の持つ『火槍』は竹筒の先端が焦げ、大きく破損している。

持ち込んだ物はこれで使い切ってしまった。戦地に改良型が届くとは思えない。

礼を言おうと、今度は金髪の少女へ目を向ける。

「ん？」「瑠璃《ルリ》さん？」

「…………」

瑠璃《ルリ》はギセンの去った方向を呆然《ぼうぜん》と見つめ、両手で望遠鏡を握り締め佇《たたず》んでいた。

顔面は蒼白のままで、身体を震わせている。

尋常な様子ではない。

「…………」

俺達が立ち上がり、少女の下へ進もうとした——正にその時だった。

「……黒髪黒眼。左頬に刀傷。血塗られた大剣……あいつは、あいつはっ！！！！」

「!?」

瑠璃《ルリ》は突然絶叫すると、頭を抱えてへたり込み、さめざめと泣き始め——

「っと！」「危ないっ！」

突然倒れ込みそうになったので、慌てて二人で受け止める。

……気絶してしまったようだ。

少女は「……ごめんなさい……ごめんなさい、父様、母様、姉様……私はみんなの仇《かたき》を……」と譫言《うわごと》を零し、大粒の涙を流し続けている。

凶風が吹き荒れ、敵味方の新しい血を舞い散らせた。

――『禁軍兵站《きんぐんへいたん》部隊、襲撃さる。損害甚大《じんだい》』

その報と最前線への進軍命令が、俺達の下へ届けられたのはあくる日の晩だった。

第四章

「あ～……う～……あ～……」


朝霞《アサカ》さんとの打ち合わせを済ませ執務室に戻ると、私の愛らしい主――王明鈴《オウメイリン》様が、小さな身体を卓に投げ出し呻《うめ》かれていました。二つ結びにした栗《くり》茶髪が揺れています。

愛用されている帽子は椅子の上に置かれ、張《チョウ》家の屋敷《やしき》に住み着いている黒い猫がちょっかいをかけています。つい先程まで敬陽《ケイヨウ》は激しい雨が降っていたので、暖かい場所を求めているのかもしれません。

私は猫を一撫《な》でし、『未決』と書かれた木箱に書類を置きました。

内容は――『小船の増派』『改良型火槍の試作』についてのようです。

「ただいま戻りました。明鈴《メイリン》御嬢様《おじょうさま》、手が止まっておりますよ？」

顔を卓にくっつけたまま、御嬢様が整った顔を向けてこられます。

「また、書類の追加ぁ？　……静《シズカ》の意地悪っ！　隻影《セキエイ》様と会えなくて、日々苦しんでる可《か》愛《わい》い主を虐《いじ》めて楽しいのっ⁉」

「はい、とても」

「ううう～……」

再び御嬢様が頭を抱えられます。

このように弱った御姿は滅多に見せられないのですが……想《おも》い人たる隻影《セキエイ》様と、数少ない御友人の白玲《ハクレイ》様と瑠璃《ルリ》様が戦地に出向かれている影響なのでしょう。

私は書簡をそっと差し出しました。

「――……それはぁ～？」

「臨京《リンケイ》からでございます。留守居の者が『都に戻ってほしい』と」

『王家《オウケ》』を一代で栄《エイ》帝国でも指折りの大商家にした旦那様と奥様は、年の大半を都以外の地で過ごされています。

御二方不在時に家の差配を執り仕切られているのは、齢《よわい》十七歳の明鈴《メイリン》御嬢様なのです。

吹き込む風を受け私は黒髪を押さえました。

……無き故国とは随分違います。

感傷に浸っていると、御嬢様が上半身を起こされました。

「私、当分都には戻らないわよ？　少なくとも、隻影《セキエイ》様達が無事に帰って来るまでは」

「明鈴《メイリン》御嬢様」

愛らしい主様の手に、私は自分の手を重ねました。

――瞳に強い意志の色。

「これは絶対に譲れない。臨京《リンケイ》の空気も身体に悪そうだしね」

確かに、今の臨京《リンケイ》は長い繁栄により所々で腐敗が進んでいるようです。

今回の無茶苦茶な西冬《セイトウ》侵攻も、老宰相と副宰相の権力争いが起因とか。

……外敵がいるのに、内輪《うちわ》揉《も》めを止めようとしなかった私の故国と同じですね。

海を渡ろうとも、人の本質は変わらないのかもしれません。

「分かりました。後で一緒に御手紙の文面を考えましょう。旦那様と奥様ならば、きっと分かってくださいます」

すると、御嬢様は椅子から降り、勢いよく抱き着いて来られました。

「えへへ。静《シズカ》、大好き～♪」

「私も大好きでございますよ」

幸せが胸に満ちます。

滅亡した異国の民である私を救ってくださったのは、この誰よりも賢くてお優しい年下の御嬢様なのです。

そっと抱きしめていると、卓上に広げられた地図と紙片が目に入りました。

小さな御嬢様が腕の中に収まったまま教えてくださいます。

「礼厳《ライゲン》様が届けてくれたの。地図は敬陽《ケイヨウ》西方の支城群用なんだけど……」

困り顔になられます。工事が終わるまで玄《ゲン》軍が侵攻を待つわけがありません。

張《チョウ》将軍、股肱《ここう》の老将である礼厳《ライゲン》様も重々理解されておられるのでしょうが、【西冬《セイトウ》】が敵側についた以上、敬陽《ケイヨウ》西方は柔らかい横腹を曝《さら》しているのと同義。危機感を持たれているのでしょう。

私はもう一枚の紙片に目を落としました。

「こちらは？」

「白玲《ハクレイ》さんから～。負傷者と病人を後送したいんですって」

「病人と負傷者を後送、でございますか？」

戦場で兵士の命を奪うのは流行《はや》り病と戦傷です。

けれど……侵攻が継続されている中、そのような措置を行うのは少し気になります。

明鈴《メイリン》御嬢様が抱き着かれるのを止《や》め、猫を抱えて椅子に腰かけられました。

「大規模な戦いが起きたとは聞いてないし、隻影《セキエイ》様達は侵攻軍の最後尾。どうして負傷者が出たのかしら？」

「詳細は分かりません。分かりませんが……」

私は御嬢様の想い人である黒髪紅眼の少年と、銀髪蒼眼《そうがん》の美少女を思い出します。

御二人は敬陽《ケイヨウ》攻防戦において天下に知られた敵の猛将『赤狼《せきろう》』を討たれた若い英雄。意味無き判断ではないでしょう。

――つまり。

「『今しか後送出来ない』と判断されたのかと」

「……人数では圧倒的に勝っているんじゃないの？」

私の下した不吉な予測に対し、明鈴《メイリン》御嬢様が素直な疑問を発せられました。商いに関しては異才を持たれるも、軍に関しては素人《しろうと》なのです。

過去を思い出し、お教えします。

「戦場においては、一人の怪物が戦局を回天させるのはまま得ることなのでございます。相手は『四狼《よんろう》』と謎多き軍師。隻影《セキエイ》様、白玲《ハクレイ》様と謂《い》えど、どう転ぶかは分かりません」

「…………静《シズカ》」

明鈴《メイリン》御嬢様が不安そうに私を見上げてきました。

数ヶ月前、大運河で水賊に襲われた際も泰然とされていたのに。

「大丈夫よね？　隻影《セキエイ》様も、白玲《ハクレイ》さんも――瑠璃《ルリ》も、みんな無事に帰って来るわよね？？」

だって、【天剣《てんけん》】を持っているんだもの！」

「――……勿論《もちろん》でございます」

天下統一を為《な》した煌《トウ》帝国、その大将軍が振るった謎多き双剣。

伝承通りならば、主を守護する筈《はず》ですが……。

猫を撫でながら、御嬢様が苦笑されます。

「静《シズカ》、嘘《うそ》が下手ね～。そんな顔をされたら私だって察するわ。難しい戦い、なのね？」

……自らを恥じます。

王明鈴《オウメイリン》御嬢様は人の機微に敏感な御方なのです。

「…………申し訳ありません」

「謝るのは、き・ん・し！　昔の悪い癖が出てるわよ？　今の私達はあくまでも張《チョウ》家の客人。出来ることは限られるけど……」

帽子を被《かぶ》り、筆に墨をつけられ、さらさらと紙へ走らせました。

大きな瞳にはやる気が満ち溢《あふ》れています。

「取りあえず、小舟を集めておきましょう。臨京《リンケイ》でお茶を呑《の》んでいる時、隻影《セキエイ》様が面白い話をしてくださったの！　あと改良した『火槍《かそう》』と――……火薬の樽《たる》も送る手配をしておこうかしら？　とっ～ても、危ない代物だけど、瑠璃《ルリ》ならどうにか扱えると思う。あの子、戦うのは嫌いだけど、『火計』？　が一番得意だって言ってたしっ！」

嗚呼《ああ》……この年下の御嬢様は自身の役割を、全身全霊を以《もっ》て務められようとしている。

剣も槍《やり》も弓も使えず、馬にも乗れなくとも——人は戦うことが出来るのだ。

そのことに、幼き日の私も気づいていれば。居ずまいを正して首肯します。

「全面的に同意致します」

「ありがと☆　じゃあ、さっさと残りの書類を終わらせちゃうわね～♪」

新しい紙に筆が走る音が、心地好く耳朶《じだ》を打ちます。

そんな中、私は御嬢様の髪を櫛《くし》で梳《す》きながら意を決して名前を呼びました。

「あの……明鈴《メイリン》御嬢様」

「ん～？　な～に？？」

筆を止め、愛らしく小首を傾《かし》げられます。

視線を外し、それでもはっきりと感謝を告げます。

……かつての悔恨を隠して。

「ありがとうございます。今の私がこうして笑えているのは、全て御嬢様のお陰です」

キョトンとされた御嬢様でしたが、すぐに豊かな胸を張られました。

「えっへんっ！　私ってば、凄《すご》く良い主でしょう～？」

「はい、天下一でございます」

「ふふふ～♪　素直な静《シズカ》も可愛くて好き～☆」

上機嫌に鼻唄を歌われながら、作業を再開されました。

私はそんな年下の主様にほんわかし、隣の椅子に腰かけます。

……【西冬《セイトウ》】で何が起きているのか。調べる必要があります。

幾ら隻影《セキエイ》様、白玲《ハクレイ》様でも策がなくては——脳裏に『仙娘《せんこ》』を名乗る、古今の戦場故事に通じ、兵棋で臨京《リンケイ》の熟達者達を圧倒した金髪の少女の顔が浮かびます。

戦を心底より嫌われているあの方が、戦場で采配を振るわれるとは考えられません。

——……考えられませんが、

「隻影《セキエイ》様と白玲《ハクレイ》様が勇を示し、瑠璃《ルリ》様がその真の才を戦場で十全に振るわれるならば……あるいは」

「静《シズカ》～？　今、何か言ったぁ？？」

明鈴《メイリン》御嬢様が顔を上げ、怪訝《けげん》そうに私を見つめられていました。

私は夢想を振り払い、微笑《ほほえ》みました。

「いいえ、何も。朝霞《アサカ》さんに西冬《セイトウ》の地図を頼んでみましょう。小舟を集める場所と、『火槍』や『火薬』を何処《どこ》へ運ぶかを判断する必要があると思いますので」

「隻影《セキエイ》殿、白玲《ハクレイ》殿、お待ちしておりました。到着したばかりで申し訳ありませんが、父が合議前に話しておきたい、と。部隊の皆様は私の部下に案内をさせます」

*

西冬《セイトウ》の首府『蘭陽《ランヨウ》』まで半日の距離にある名も無き村落に築かれた野営地では、無数の篝火《かがりび》が準備されていた。

徐秀鳳《ジョシュウホウ》将軍率いる南軍、その本営が置かれた地区入り口で俺達を待っていた飛鷹《ヒヨウ》の鎧《よろい》兜《かぶと》は汚れ、顔つきも精悍《せいかん》さを増し、口調すら変わっている。

玄《ゲン》騎兵による全軍兵站《へいたん》部隊への同時襲撃が行われ十日。随分と苦労したのだろう。

「分かった」「案内をお願いします」

飛鷹《ヒヨウ》に先導され、舗装されていない道を歩きながら、村落の中を見渡す。

石造りではなく粗雑な土壁と木製屋根の住居。窓に硝子《ガラス》はなく高い建物も存在しない。

侵攻開始以来、張家軍《ちょうかぐん》は殆《ほとん》ど村落に入らず郊外で野営を行っていた為《ため》、多少新鮮ではあるが……住民の姿がない。もう『噂《うわさ》』は広まっているのか。

道中で見た惨澹《さんたん》たる光景――禁軍《きんぐん》による略奪の痕を思い出し、俺と白玲《ハクレイ》は顔を顰《しか》めた。

先導する飛鷹《ヒヨウ》が口を開く。

「無事の到着に心から安堵《あんど》しています。そちらも襲撃を――しかも、相手は『赤槍騎《せきそうき》』だった、と聞いていましたので」

「何とかな。徐《ジョ》将軍には伝えたが、戦えない負傷者と病人は後送させた」

説得するのは恐ろしく大変だった。うちの連中は戦意があり過ぎて困る。

白玲《ハクレイ》が表情を強張《こわば》らせ、飛鷹《ヒヨウ》の背中に冷たく問う。

「道中の各村落で物資の供出が……いえ、言葉を飾っても仕方ありませんね。略奪が行われた痕を確認しました。徐《ジョ》将軍は御存知なのですか？」

親父殿《おやじどの》が【護国《ごこく》】と自然発生的に謳《うた》われ、敵国内でもある種の畏敬の念を持たれているのは指揮下の軍に略奪を一切許していないことが大きい。

そんな父親を見て成長した張白玲《チョウハクレイ》からすれば信じ難《がた》い暴挙なのだ。

『甘い』と蔑まれても、こいつにあんな光景を見せたくはなかった。

飛鷹《ヒヨウ》が広場に設けられた天幕前で足を止める。振り返った顔は暗い。

「……その説明も父の口からあると思います。どうぞ」

中に入ると、【鳳翼《ほうよく》】徐秀鳳《ジョシュウホウ》は卓上の地図を覗《のぞ》き込み、険しい顔で黙考されていた。

敬陽《ケイヨウ》で会った時よりも髪と髭《ひげ》に白い物が目立ち、頬もこけているように見える。

将軍が俺達に気付き、顔を上げられた。

「……来てくれたか。飛鷹《ヒヨウ》、周囲の警戒を頼む。誰も近づけるな」

「はっ！」

きびきびとした様子で徐《ジョ》家の跡取りは応じ、外へと出て行った。

勇将が近くの椅子に腰かけられ、息を吐かれる。

「ふぅ……すまぬ。自分達が置かれている危機的な状況に未《いま》だ気付いていない愚か者共を相手し続けたせいか、少し疲れた。座ってくれ」

「お気になさらず」「ちゃんと寝ておられますか？」

俺達は各々《おのおの》答え長椅子に着席すると、徐《ジョ》将軍が指揮棒を手にされた。

「気遣いに感謝する。……時がない。戦況を説明しておこう」

歴戦の勇将の表情が変わり、卓上の地図を数か所叩《たた》かれる。

「先だって行われた敵騎兵の迂回《うかい》奇襲で禁軍の兵站部隊はほぼ壊滅した。兵の損失こそ然《さ》程《ほど》でもなかったようだが、馬匹《ばひつ》の損害は『甚大《じんだい》』の一言だ。警戒を厳にしていた我等と西軍の兵站部隊は無事だが……敵地に留まれる状況にない」

「その結果が『各村落での略奪だった』と？　僅かな物資を得る為に……？」

隣の白玲《ハクレイ》が感情のない声で静かに尋ねた。膝上の手が震えている。

――乾いた音。

徐《ジョ》将軍が手に持つ指揮棒をへし折った。

「我が軍が進駐していた村落では未然に防いだ。西軍もだ。しかし……当の禁軍が物資に窮した各地に部隊を派遣、略奪を行ったのだ。総指揮官殿と禁軍元帥の命令で、なっ！」

「そいつは……」「正気なのですか？」

俺が絶句し、白玲《ハクレイ》はゾッとする程冷たく評した。

禁軍とは皇帝が直轄する軍なのだ。

おそらく……いや間違いなく、【西冬《セイトウ》】の民は今後【栄《エイ》】を許さない。最悪だっ。

卓に手を置かれた徐《ジョ》将軍が、必死に怒りを抑えられている。

「正気か正気じゃないか、と問われれば私にも自信はない。……少なくとも、あの愚かでありながら、自らを賢者と妄信している林忠道《リンチュウドウ》は『蘭陽《ランヨウ》』攻略を諦めておらん。私と常虎《ジョウコ》が強硬に主張しなければ、今晩の最終合議も行われなかっただろう」

「「…………」」

俺と白玲《ハクレイ》は目線を交錯させる。事態は想像以上に酷《ひど》いようだ。

銀髪の美少女が真っすぐ確認する。

「徐《ジョ》将軍は決戦に反対なのですね？」

「当たり前だ。……『負ける』とは口が裂けても言わぬが、我等は既に西冬《セイトウ》の民を敵に回してしまった。このような戦況で『蘭陽《ランヨウ》』を落としても維持なぞ到底適《かな》うまい。我等は数十年来の友邦を完全に喪《うしな》ったのだよ、白玲《ハクレイ》嬢」

張泰嵐《チョウタイラン》と並び称される勇将は手で目元を覆われた。大きな肩が震えている。

この御方は理解しているのだ。

自分達が敗れた先の『敬陽《ケイヨウ》陥落』という破局を。

俺と白玲《ハクレイ》が言葉を喪っていると、天幕の外から飛鷹《ヒヨウ》が報告してきた。

「父上、刻限のようです」

「そうか、分かった」

天下にその名を知られて二十と数年。

未だ戦場で敗北を知らぬ勇将は悲壮《ひそう》感を滲《にじ》ませながら立ち上がり、剣を手にした。

「では、行くとしようか。必ず勝たねばならぬ『戦場』へな」

軍本営は最後方の巨大な天幕に置かれていた。

室内の奥にはわざわざ持ち込んだのか、玉座の如《ごと》き豪奢《ごうしゃ》な椅子。

そこに座っているのは、禿《は》げ頭で肥えた身体《からだ》の醜い男――あいつが林忠道《リンチュウドウ》だろう。目元を狐《きつね》の面で覆った男と美麗な軍装に身を包んだ将と話をしている。

「おおっ！　秀鳳《シュウホウ》っ‼」

良く通る野太い大声が徐《ジョ》将軍を呼んだ。白玲《ハクレイ》が身を竦《すく》ませ、俺の方へ半歩寄る。

徐《ジョ》将軍を呼んだ男は古びた鎧《よろい》を身に纏《まと》い、頭には小さな帽子。爛々《らんらん》と輝く黒い瞳に黒髪黒髭《くろひげ》。短身ながらも、全身これ筋肉なのがはっきりと分かる。

周囲にいるのも見るからに古強者《ふるつわもの》達だ。飛鷹《ヒヨウ》が耳元で教えてくれる。

「（西方の宇常虎《ウジョウコ》将軍です）」

「（噂に聞く【虎牙《こが》】殿か。じゃあ、あっちの仮面の男と華美な将軍は……）」

「（副宰相が重用している田祖《デンソ》という男と、禁軍を率いる黄北雀《オウホクジャク》です）」

……不快だな。

徐《ジョ》将軍が猛将と歓談する中「……おい、あの小娘」「銀髪蒼眼《そうがん》だぞ」「戦の前に不吉な」「張《チョウ》家の娘だ」煌《きら》びやかな軍装を身に着けた禁軍の将達が、白玲《ハクレイ》を嘲笑してきた。

こいつら、まともに戦っていない。

味方じゃなかったら、即座にぶちのめす所だが……俺はきつく握りしめられた白玲《ハクレイ》の手にそっと触れた。

少女が宝石みたいな蒼《あお》い瞳を大きくする。

「……隻影《セキエイ》？」

「気にすんな。俺がいる」

「――……はい」

少しだけ嬉《うれ》しそうに頷《うなず》き、白玲《ハクレイ》は俺の隣で背筋を伸ばした。

「うっほんっ！」

「お？　そこにいるのは【護国】殿の娘殿と息子殿だなっ！　うむうむ。心強い。副宰相殿、始めましょうぞ！」

徐《ジョ》将軍と宇《ウ》将軍が強制的に場の空気を断ち切り、諸将を威圧する。

椅子に腰かけたままの林忠道《リンチュウドウ》が白玲《ハクレイ》と俺へ一瞬だけ忌々《いまいま》しそうな視線を向けるも、すぐに消し、気持ち悪い笑顔へと変わった。

「皆、揃《そろ》ったようですな。では、『蘭陽《ランヨウ》』攻略についての最終合議を始めましょう」

「**異議ありっ！！！！**」

すぐさま宇《ウ》将軍が大喝し、決然と噛《か》みつく。

「勘違いしてもらっては困りますな。我等は攻略に賛同など出来かねるっ！」

「………ちっ」

出来の良い俺の耳は、はっきりと肥えた男の舌打ちを捉えた。

徐《ジョ》将軍が後を引き継ぐ。

「副宰相殿！　先の大規模奇襲により馬匹の損害甚だしく、禁軍が兵站維持に苦慮しているのは疑いようのない事実。敵はおそらく籠城《ろうじょう》策を取るでしょう。そうなれば……【西《セイ》冬《トウ》】は到底降《くだ》りますまい。余力のある内に退却すべきと考えます」

南軍、西軍の諸将が一斉に汚れた鎧や鞘《さや》を叩き、同意を表明した。

対して禁軍の将達は不満気だ。

副宰相は後方に控えている狐面の男へ何事かを尋ね、前を見た。

「確かに多少の損害は被《こうむ》ったかもしれません。なれど！」

……『多少』か。

この愚者は陸路で兵站維持しなければならない戦場で『多数の馬匹と荷駄を喪い』『住民を敵に回した』意味を理解していない。

「我等は十五万っ！　対して敵軍の総数はたかだか五万に過ぎませぬ。強攻し、捻《ひね》り潰してしまえばよいのですっ！　既に物資調達も終わりました。此処《ここ》で一戦に及ばずして——何時《いつ》戦うと？　勇名を馳《は》せられた、宇《ウ》将軍と徐《ジョ》将軍とは到底思えぬ言葉ですなぁ」

——狭い室内に濃厚な殺気。

「……常虎《ジョウコ》」

　宇《ウ》将軍のこめかみに血管が浮かび上がっている。

「……何だと？　元はと言えば、貴様の命じた略奪が――」

　剣の柄にかかった手を押し止め、徐《ジョ》将軍が名を呼ばれた。

　そして、鋭い目線で一切表情を変えない将を射貫《ぬ》かれる。

「黄北雀《オウホクジャク》……貴殿はどうなのだ？　禁軍《きんぐん》は攻略作戦を望んでいるのか？」

「我等は皇帝陛下の信任を受けた総指揮官殿に従うのみです」

　鼻白む回答。鬱陶しい前髪を手で払い、北雀《ホクジャク》が自信ありげに続けた。

「ですが――南軍と西軍が望まぬのならば、致し方ありませぬ。我が軍のみで『蘭陽《ランヨウ》』を落とし、汚名を雪《すす》いで御覧にいれましょう」

「**よくぞ言われたっ！　それでこそ――禁軍を率いるに足る名将っ!!**」

　副宰相が突然称賛し、南軍と西軍の諸将を睥睨《へいげい》。嘲笑した。

「と、言うわけです。怯懦《きょうだ》に囚《とら》われた両将及び諸将は、指を咥《くわ》えて我等《われら》の勝報をお待ちいただければよい」

『～～っ!?』

　まずい。これはまずい。

　碌《ろく》に戦ってこなかった禁軍と異なり、南軍と西軍は侵入を繰り返す他国の兵や蛮族と戦い続けてきた。彼等にとって『怯懦』とは禁句。飛鷹《ヒヨウ》ですら、目を血走らせている。

轟音《ごうおん》を立て、宇《ウ》将軍が拳を卓に叩きつけ粉砕した。

「俺が……この宇常虎《ウジョウコ》が臆しているだとっ⁉　**聞き捨てならぬっ！！！！**」

「**常虎《ジョウコ》っ！**　……皆も落ち着け」

激高した猛将を徐《ジョ》将軍が一喝された。

鷹《たか》の如き鋭き眼光を副宰相と黄北雀《オウホクジャク》へ向け、再度訴えられる。

「……我等を怒らせ参戦させようとしても無駄だ。蘭陽《ランヨウ》の敵軍は我等を引き寄せ、満を持し決戦に及ぼうとしている。敵軍が本当に五万程度なのかも……現地住民の協力を得られぬ状況では確かめようもない。未だ姿を見せず、その規模すら推定でしか分からぬ西冬《セイトウ》軍が参戦する可能性も高いのだぞ？」

「裏切り者が出て来るのならば、それこそ正に好機——西冬《セイトウ》兵は所詮弱兵です。我等の敵ではありません。【三将】の方々は戦歴を誇りにされているようですが……我等禁軍とて、戦場を与えられれば戦果を挙げて御覧にいれましょう」

禁軍元帥が信じられないことを口走った。

親父《おやじ》殿達への対抗心を理由に首府攻撃を敢行するだと⁉

慄然としていると、狐面の男が漆塗りの箱から巻物を取り出し、忠道《チュウドウ》へ恭《うやうや》しく差し出した。

肥えた副宰相が席を立ち、嘲りを更に深める。凄《すさ》まじい悪寒《おかん》。

巻物を開くと——『龍』の紋章が見えた。諸将が激しくどよめいた。

「徐《ジョ》将軍、宇《ウ》将軍——『蘭陽《ランヨウ》』攻略は皇帝陛下が望まれていることなのですよ」

……やられた。

まさか、皇帝を丸め込んでいたとは。

深く息を吐き、宇《ウ》将軍が吐き出される。

「——……**委細承知っ**」

嗚呼《ああ》、駄目だ。狐面の男が唇の端を歪《ゆが》ませた。

徐《ジョ》将軍が両拳を合わせ、頭を下げる。

「副宰相閣下……御無礼の段、平に御容赦くだされ。明日の決戦には我等も全軍を以《もっ》て参陣し、この場の失態を晴らす所存………」

他の諸将も、肥えた男へ濃厚な殺気を向けながらそれぞれ賛同を示していく。

目的を達成した林忠道《リンチュウドウ》は脂ぎった汗を袖で拭いながら、満足気に何度も頷いた。

「――……分かれば良いのですよ、分かればぁ」

宇《ウ》将軍は瞑目《めいもく》し、徐《ジョ》将軍は剣の柄に手を添えられた。震えている。

それに気づかず、愚かな副宰相は高らかに宣言した。

「明日、我等は偉大な勝利を得ることになるでしょう。各将の奮闘に期待します。――張《チョウ》家の方々は徐《ジョ》将軍の後備に回ってください。私の温情に感謝するように」

＊

『へぇ、そこに打つんだ。じゃあ、次は――ここだ』

『あっ！』


前髪で両の瞳を隠している青年が細い腕で、兵棋の盤面に大駒を打った。

味方陣地は中央から寸断され……どう見ても劣勢。

日除《ひよ》けの下だというのに私の頰を汗が伝っていく。くっついた金髪が気持ち悪い。

対局を見ている狐面の老人と、道士服姿で長い紫髪の妖艶《ようえん》な美女【御方《おんかた》】が口を開く。

『ほぉ……今回の打ち手は中々にやりますな。『瑠璃《ルリ》』という名前でしたか。貴女《あなた》様が殺さずにわざわざお育てになっただけのことはある。うちのハショには敵《かな》いますまいが』

『五月蠅《うるさ》いのぉ。勝負は最後まで分からぬ。いい加減気付いた方が良いぞ？　星の巡りばかりにかまけすぎなのではないかの？』

苦しい。苦しい。苦しい……これは夢。八年前の『燕京《エンケイ》』だ。

『我等は真理を探求しているに過ぎませぬ。御自身の欲望を叶《かな》える為《ため》、残り少ない仙境を焼いては人を攫《さら》い、養育し続けている貴女様には負けますとも』

『人聞きが悪いのぉ。我は何時何時《いつなんどき》だって本気なのだぞ？　水滴とて、長い時をかければ岩を穿《うが》つ。何《いず》れ必ず『仙術』を復興させてみせよう。——瑠璃《ルリ》、仕舞いにせよ』

手に持っていた扇子を勢いよく閉じ、両親の仇《かたき》である美女は冷たく私へ命令してきた。

身体《からだ》が激しく震え、ぎこちなく応じる。

『……は、はい』

『？　何を言っているのか分かりませんね。此処から君が勝てる手は——』

小さな手で、そっと突出していた大駒に駒を当てる。

ハショと呼ばれた青年は怪訝《けげん》そうな顔をし、

『なっ……』

細い目を見開いた。

――先程まで盤面を圧《お》していた大駒が頓死している。
髪を掻《か》き乱し必死の形相で手を読むも……やがて、歯を食い縛りながら零《こぼ》す。
『負け、ましたっ』
私は大きく息を吐き、震える左手を右手で押さえた。
……負けていたら、美女に凄まじい折檻《せっかん》を受けていただろう。
老人が唇を歪め、驚嘆する。
『何と……【王英《オウエイ》】の軍略を学ばせたハショが、このような幼子に敗れるとは！』
『クックックッ、当然じゃ。瑠璃《ルリ》には我が軍略を全て叩《たた》きこんでおる。そこに加えて』
言わないでっ！　思い出させないでっ‼
耳を塞《ふさ》ごうにも動けない。当時の私はそれ程までに支配されていた。
扇子を広げ、美女が心底愉《たの》しそうに嗤《わら》う。
『もう戦場にも出しておるしのぉ。そこの小僧とはそも『厚み』が違うのじゃ』
『……感服致しました』
老人は深々と頭を下げる。

目の前の青年が、私を今すぐ射殺《いころ》さんとばかりに睨《にら》みつけてきた。

『ひっ』

思わず悲鳴が零れ、慌てて両手で押さえる。

幸い老人と美女には聴こえなかったようた。

『御方、その娘、我等にくれませぬか？　【玄《ゲン》】の皇帝病重く、命幾許《いくばく》もありませぬ。

近々、最後の大勝負で大河を渡る腹積もりのようですが』

『勝てぬわな。張《チョウ》家の小僧は本物の虎じゃ。油断すれば食い殺されよう』

――張泰嵐《チョウタイラン》。美女が折に触れて称賛している【栄《エイ》】の名将。

大河を渡ろうとすれば必ず立ち塞がるだろう。扇子で口元を覆い、美女はニヤリとした。

『で？　次の皇帝に瑠璃《ルリ》を、と？』

『はい。当初はハショをと考えておりましたが、七歳の幼子に負けるようでは……その任に耐えかねるでしょう。【玄《ゲン》】には天下を統一してもらわねばなりませぬ』

『………………っ』

青年が息を呑《の》み、身体を硬直させた。

もしかすると、この人物も私と同じような境遇なのかもしれない。

使えなければ捨てられる。

美女の怖く美しい紫の瞳に興味が現れた。

『随分な入れ込みようじゃのぉ？　次期皇帝……それ程の男か？』

『はい。何しろあの者は――』

強風が音を掻き消した。同時に決意する。

……『蘭陽《ランヨウ》』へ帰ったら逃げなきゃ。

そうしないと、私は桁違いの人々を自分の『軍略』で殺すことになる。

話を聞き終えた美女は呆気《あっけ》に取られ、直後獰猛《どうもう》な笑みを浮かべた。

『真《まこと》ならば面白い、面白いぞっ！　いよいよ【天剣《てんけん》】も必要となろうかのぉ。『皇英《コウエイ》が最期《ご》を迎えた際、老桃《ロウトウ》の巨岩を斬った』などという伝承は流石《さすが》に尾鰭《おひれ》がついていようが……天下を真に統《す》べる為には箔《はく》付けも必要となろう。ま、見つけたとて抜けまいが』

美女は目を細め、庭に生えている桃の若木へ羨望《せんぼう》の眼差《まなざ》しを向けた。

『史上、彼《か》の双剣を戦場で振るうたは皇英峰《コウエイホウ》のみよ。……瑠璃《ルリ》の件は考えておこう。捨てても惜しくはないからの』

*

「っ！　…………はぁはぁはぁ」

私は荒い息を吐きながら、夜具を撥《は》ね上げた。

……昔の夢なんて、最近はもう見なくなっていたのに。ここ数日は体調も優れない。

原因は理解している。

黒髪黒眼、左頬に刀傷を持ち、黒き大剣を振るう男——私の両親と姉、一族の皆を殺したギセンという名前の仇と遂《つい》に出会ったからだ。

手を伸ばし、脇机の上に置かれた布を取って汗を拭い、室内を見渡す。

寝台の他は何もない人気《ひとけ》のない部屋。壁には小さな灯《あか》りが揺れている。

隻影《セキエイ》と張白玲《チョウハクレイ》が、わざわざ村落の空き家を確保してくれたのだ。

……あの二人、明鈴《メイリン》から事前に聞かされていた以上に甘い。

ぼんやりとしているとボロボロの扉が開き、銀髪蒼眼《そうがん》で軍装姿の美少女——張白玲《チョウハクレイ》が竹製の水筒を持って入って来た。腰には【双星の天剣】の一振りを提げている。

「瑠璃《ルリ》さん、お加減は如何《いかが》ですか？」

同性ながら信じ難《がた》い程に整った顔を、白玲《ハクレイ》は私へ近づけてきた。

心配そうに竹製の水筒を渡してきたので、顔を伏せる。

「……大丈夫よ、ありがとう」

水を飲むと、気持ちが落ち着いてきた。窓から覗《のぞ》く月夜を見つめる。

「あいつは一緒じゃないの？」

「隻影《セキエイ》なら徐《ジョ》将軍、宇《ウ》将軍に捕まって話を。あの人、昔から年上に好かれるんです。……あと、私だって何時《いつ》も一緒にいるわけじゃありませんし」

白玲《ハクレイ》は淀《よど》みなく応じ、近くの椅子に座った。

一見平静を装《よそお》っているが手で剣の柄を弄《いじ》り、あからさまに不満そうだ。

私は美少女をからかってみる。

「でも、本当はずっと一緒にいたいんでしょう？」

「それは……まぁ、そうですけど……」

ごにょごにょと零し、白玲《ハクレイ》は美しい銀髪に触れた。

幼さの残る拗《す》ねた表情で詰《なじ》ってくる。

「……瑠璃《ルリ》さんも意地悪ですね。明鈴《メイリン》の影響ですか？」

「チビッ子商人と一緒にしないでよっ。……世話にはなっているけどね。会議は？」

臨京《リンケイ》へ出向く度、闘茶《とうちゃ》で私を散々に打ち負かし、七面倒な探し物をさせる少女。

文句は山程あるものの……天涯孤独で頼れる知り合いがいない私にとって、あの子と静《シズカ》は大切な恩人であり、友人なのだ。

白玲《ハクレイ》はくすりと笑みを零した。長い足を組み――月を眺めながら買い物にでもいくかのように決定した作戦内容を教えてくれる。

「明日の早朝――全軍は『蘭陽《ランヨウ》』へと進撃。攻略戦に挑みます」

私は目を瞬《しばたた》かせ、理解に努める。

殊更《ことさら》ゆっくりと水を飲み、美しい蒼眼と目を合わせた。

「……正気なの？　兵站《へいたん》に大きな不安がある中で大軍の籠る首府を強攻すると？　こっちは攻略戦のつもりでも、敵は野戦に打って出て来るかもしれないのに？」

「副宰相閣下はそう思っているようです」

「…………愚かね」

栄《エイ》軍は約十五万に対して玄《ゲン》軍は約五万。数的優位はあるかもしれない。

だけど、各都市の略奪に走った結果……今までは日和見《ひよりみ》だった西冬《セイトウ》軍も、栄《エイ》軍に憎悪《ぞうお》を抱いているだろう。何より民を敵にまわしている。

蘭陽《ランヨウ》に籠られれば……短時間では落とせない。

『煌斉同舟《とうさいどうしゅう》』の計略は成ったのだ。

白玲《ハクレイ》が小袋を私の膝上に載せてきた。ずっしりと重い。

「これは？」

「路銀です。馬と糧食も用意しました。今晩中に陣を抜けてください。隻影《セキエイ》も同意しています。『戦が大嫌いな軍師様を巻き込むわけにはいかねぇ』と言っていました」

「……あんた達はどうするのよ⁉　最悪の場合っ」

それ以上は言葉に出来ない。出て来もしない。

『大兵を以《もっ》て侵攻してきた栄《エイ》軍に首府を攻めさせ、【西冬《セイトウ》】住民の前で殲滅《せんめつ》する』

敵軍師はおそらくこのようなことを目論《もくろ》んでいる。

各城砦《じょうさい》から運び出された投石器も、その為に……。

白玲《ハクレイ》は目で私へ感謝を示し、優雅に立ち上がると決然と覚悟を露《あら》わにした。

「私は張泰嵐《チョウタイラン》の娘です。兵を見捨てることなど出来ません。……何より」

困ったような、けれど幸せそうに微笑《ほほえ》み。

長い銀髪が、月灯りに輝く。

「隻影《セキエイ》は……私がいないと無理無茶ばっかりするんです。どうせ、今回も『白玲《ハクレイ》と兵達は何があっても助ける』なんて、考えているに違いありません。困った人なんです」


嗚呼《ああ》……この子は、心の底から黒髪紅眼の少年を愛しているのだ。

彼を救い、彼の傍《そば》に立ち、彼と共に駆ける為《ため》なら、自分の命を危険に曝《さら》すことすら躊《ちゅう》躇《ちょ》なく行える程に。

少し……羨ましい。と、同時にこの子を死なせたくはない。必要なのは私が残る理由だ。

黙考した上で少女の剣を指差す。

「ねぇ、その剣……貴女《あなた》も抜けるのよね？」

「抜けますよ」

そう言うと、白玲《ハクレイ》は数歩後ろへ歩いていき——抜剣。

一撃。二撃。三撃。純白の剣身が閃光《せんこう》を煌《きら》めかせ、綺麗《きれい》な音と共に鞘《さや》へ納まる。

私は絶句。この子は……自分が今為した偉業を理解しているのだろうか？

『【天剣】を抜きし者、即《すなわ》ち天下に覇を唱える資格を得ん』

友より託された双剣を携え、天下を統一した煌《トウ》帝国の大丞相《じょうしょう》が遺《のこ》した言葉だ。

以来、多くの権力者達が【天剣】を探し求めてきた。……復讐の力を欲《ほっ》した私も。

隻影《セキエイ》といい、この子といい……どうなっているのだろう。

白玲《ハクレイ》がふんわりと表情を崩す。

「最初は抜けなかったんです。でも、ようやくコツが分かってきました」

「……そのコツ、聞いてもいい？」

【天剣】に興味があるのは本当だ。そうでなければ、明鈴《メイリン》の依頼も請けなかった。

でも——それは口実。

どうやら、私は自分が思っている以上に、目の前の少女や、少女の想《おも》い人と過ごす日々が楽しかったらしい。力になりたいのだ。

普段、冷静な白玲《ハクレイ》が挙動不審にあわあわしだした。

「えーっと……あの、ですね………」

「？　どうかしたの？？」

私は小首を傾《かし》げる。

銀髪の少女は室内を用心深く見渡し、耳元で囁《ささや》いてきた。

「（……隻影《セキエイ》のことを想うと、自然に。あの人には絶対っ！　内緒ですよ？）」

呆気に取られ、まじまじと見つめ——吹き出す。

「——……ぷふっ」

「わ、笑わないでくださいっ！」

「だ、だって……ふふふ、明鈴《メイリン》が聞いたら、むくれて拗ねそうね」

敬陽《ケイヨウ》にいるチビッ子商人の顔がちらついた。

最大の恋敵《こいがたき》を助けてしまったと知ったら、あの子は相当荒れそうだ。

『瑠璃《ルリ》っ！　今度は私を助けてくださいっ‼』

ひとしきり笑い——何でもない口調で話を始める。

「私はね……天涯孤独なの。両親と姉、一族全員が殺されたわ。この前、襲撃してきたギセンという男にね。あ、『仙娘《せんこ》』なのは本当よ」

むすっとしていた白玲《ハクレイ》が表情を戻した。酷《ひど》く心配そうだ。

「【西冬《セイトウ》】からの遥《はる》か西——白骨砂漠《はっこつさばく》の中にあった『狐尾《コビ》』という仙郷で私は生まれたの。昔はたくさんいた凄《すご》い方術を使えた仙人や仙娘も数を減らして……当時で百名もいなかったと思う。誰も術なんて使えなかったし」

厳しくも温かかった父。何時も優しかった母。私を庇《かば》って死んだ姉。

……この十年間、一日だって忘れたことなんかない。

「五歳の誕生日に襲撃を受けて、攫《さら》われて……延々と軍略を叩《たた》きこまれたわ。初陣《ういじん》は六歳。山賊が相手だった。自分の軍略で、人がバタバタと死んでいったの。私に軍略を叩きこんだ女は『賭け事用に仕込んだ』って言ってたわね。何度もおかしくなりそうになった」

「…………六歳」

白玲《ハクレイ》が双眸《そうぼう》を見開く。廊下の軋《きし》む音が聴こえた。

「私を攫う命令を出したのは【西冬《セイトウ》】の深淵《しんえん》に蠢《うごめ》く【御方《おんかた》】という、『仙術』復興に執念を燃やしている女だった。私以外にも十数人の小さな子供達が集められて、書物を読まされたり、鍛錬させられたり……時々いなくなったわね」

昔は分からなかったが、今なら分かる。

いなくなった子は死ぬか、売られるかしていたのだろう。

【御方】は自らの欲望の為だけに、私達を磨きあげていたのだ。

自分の手を握り——一輪の白花を生み出す。

「この力を見た時、女は狂喜乱舞してたわ。『仙術の復興も近いっ！』って。……結局、これ以上は一切伸びず、勝手に失望して興味を喪《うしな》っていったけど。お陰で八歳の時に逃げ出せたってわけ。追手もなかったし、どうでも良かったんでしょうね。その後——ボロボロな状態で臨京《リンケイ》まで逃げて、野垂れ死にしそうな所を明鈴《メイリン》に出会った」

じっと聞いてくれた少女の瞳は大粒の涙を湛《たた》えている。白い花を手渡し、自嘲。

「張白玲《チョウハクレイ》、貴女って変よね。王明鈴《オウメイリン》も変だけど……普通、私なんか気にも留めないわよ？」

事実――明鈴《メイリン》を除いて、私を積極的に助けてくれた人はいなかった。

今の時代、人々は『人の死』に慣れ過ぎているのだ。

たとえ、そこが古今絶無の大都市『臨京《リンケイ》』であっても。白玲《ハクレイ》は花に目を細めた。

「瑠璃《ルリ》さんはほんのちょっとだけ、昔の私に……隻影《セキエイ》に出会う前の私に似ているんです」

「貴女が、私に？」

到底信じられない。『銀髪蒼眼《そうがん》の女は禍《わざわい》を呼ぶ』という黴《かび》の生えた迷信故だろうか？

美少女が教えてくれる。

「私の父――張泰嵐《チョウタイラン》は物心がついた時から『英雄』でした。その娘である私には、同年代の親しい友人は一人もおらず、母も早くに亡《な》くなっていたので、内心ずっと孤独を抱えていました。……当時は少しだけ絶望していたのかもしれません」

忘れがちだが、この子の姓は『張《チョウ》』。

栄《エイ》帝国北辺の民ならば知らぬ者はいないだろう。

両手を腰に当て、クルリ、と白玲《ハクレイ》が振り向いた。今晩最大の月光が降り注ぐ。

「でも……十年前、隻影《セキエイ》が屋敷《やしき》に来た時、はっきりと分かったんです。『私はこの子とずっと一緒に生きていくんだ。だからもう――孤独じゃないんだ』って。実際にそうでした。案外と私の勘って当たるんですよ？」


――女の子にこんな顔をさせる、黒髪紅眼の青年は責任を取るべきだと思う。

白玲《ハクレイ》が私へ微笑みかけた。

「瑠璃《ルリ》さん、世の中は捨てたものじゃありません。私は毎日貴女とお話しするのを心から嬉《うれ》しく思っていました。同性かつ同年代の友人は明鈴《メイリン》しかいなかったので」


――……『友人』。


視界が曇り、涙が頬を伝った。

慌てて袖で拭い、照れ隠しに揶揄《やゆ》する。

「やっぱり……貴女って変な子ね」

「瑠璃《ルリ》さんもですよ？　明鈴《メイリン》と同じ位です」

「「――ぷっ」」

同時に吹き出す。どうやら、私の決断は間違ってなかったみたいだ。

「お？　何だ、何だ？？　随分と楽しそうだな」

扉が開き、隻影《セキエイ》が中へ入って来た。手には丸めた地図を持っている。

私達は顔を見合わせ、

「内緒です」「内緒よ」

仲良く、舌を出した。

脇机に地図を置き、隻影《セキエイ》が肩を竦《すく》める。

「へーへー。あ、瑠璃《ルリ》。話は聞いたよな？　とっとと陣を抜けて――」

「戦は大嫌いだし、天下の趨勢《すうせい》なんて微塵《みじん》も興味はないけれど」

言葉を遮り、私は寝台から降りた。帽子を手にする。

窓まで歩いて行き、何れ《いず》『張《チョウ》』の姓を得るだろう少年と、自然と彼の隣へ寄った少女へ不敵に通告。

「今の世じゃ、誰にも抜けない筈《はず》の【天剣《てんけん》】を振るう貴方《あなた》達には興味があるわ。謎を解明するまで死なせるわけにはいかない」

――私の才はきっと多くの人を殺すだろう。

けれど、同時に命の恩人と友人の命を救えるかもしれないのだ。何を躊躇《ためら》う必要があるだろうか。

どうせ私の手は血塗《ちまみ》れだ。必ず……みんなの仇《かたき》も取ってみせる。

前髪を手で払い、帽子を被って微笑む。

「だから――私が貴方達の軍師になるわ。今更『嫌だ』とは言わないわよね？」

「……いや、そいつは」「是非お願いします」

隻影《セキエイ》が幼馴染《おさななじみ》の少女を睨《にら》んだ。

「おいっ！　白玲《ハクレイ》」

「私は戦場で貴方を守らないといけません。大局を見通せる知恵者が必要です。瑠璃《ルリ》さんなら信頼出来ます」

隻影《セキエイ》は暫《しばら》く考え込み――徐《おもむろ》に脇机上の白花を摘まんだ。

そして、銀髪少女の前髪に花を挿《さ》す。

「――……分かった。よろしく頼む、軍師殿。改めて張《チョウ》家の隻影《セキエイ》だ」

「張白玲《チョウハクレイ》です」

月灯《あか》りの下、形見の望遠鏡をクルクルと回し――名乗る。

「狐尾《コビ》の瑠璃《ルリ》よ。精々大船に乗ったつもりでいなさい。たとえ、どんな罠《わな》が待っていようとも――貴方達を絶対に生かして敬陽《ケイヨウ》へ帰してあげる。絶対にね」

＊

「こ、これは、いったい……何故《なぜ》敵軍が外に⁉」

蘭陽《ランヨウ》近郊の小さな丘。俺の後方の庭破《テイハ》は朝霧の中で蠢く敵軍に驚愕《きょうがく》の声を漏らした。

草原の海に広がる敵戦列後方には、薄《う》っすらと首府の決して高くない城壁が見えている。

寡兵にもかかわらず城を背にして布陣。前世で英風《エイフウ》に命じられ、同じことをした。

あの時は、策も何もあったものじゃなく、ただ将兵の奮迅を期待しただけだったが。

左隣の白玲《ハクレイ》が愛馬を寄せて来る。

「隻影《セキエイ》、例の投石器は見えますか？」

「外にはないな。他は……駄目だ。霧で何も見えん」

望遠鏡を覗《のぞ》きながら瑠璃《ルリ》が馬を進め淡々と考えを口にする。

「『背水の陣』ならぬ『背城の陣』。わざわざ防御面の優位を捨てて野戦を挑む――余程、策に自信があるようね。中央に敵影は見えないけれど……故事通りなら壕《ごう》に伏兵を潜ませ、心理的に相手を奇襲する『伏狐《ふくこ》の計』を併用している筈よ」

「禁軍《きんぐん》が自重してくれれば良いんだがな」

額に手をやり嘆息していると、視界に数本の細い樹木が入った。……うん？

少女軍師も気付いていたようだが分からないようだ。

望遠鏡を仕舞い、冷酷に結論を降《くだ》す。

「敵軍主力は事前の情報通りなら、『灰狼《かいろう》』率いる『灰槍騎《かいそうき》』。兵数は約五万と位置を摑《つか》めていない西冬《セイトウ》軍。対して味方は総勢十五万に達するけれど、何を思ったか五万が後詰で動かず。このまま突撃したら、負けるわ」

味方の布陣は中央に禁軍五万。左翼に宇《ウ》家軍、右翼に徐《ジョ》家軍、各二万五千。林忠道《リンチュウドウ》は後詰と称して五万を握り、最も後方を進軍している……筈だ。

決戦を前にし、総指揮官が戦場に到着していないとは。

俺は馬首を返しながら、各人に指示を出した。

「白玲《ハクレイ》、着いて来てくれ。徐《ジョ》将軍に会う。瑠璃《ルリ》、偵察を頼む。庭破《テイハ》、警戒を怠るな」

「分かりました」「了解よ」「はっ！」

馬で丘を駆け下り、白玲《ハクレイ》と共に殺気立っている徐《ジョ》家軍の中を進んでいく。

離れた場所では徐飛鷹《ジョヒヨウ》が兵士達を鼓舞している。会話をする余裕はなさそうだ。

目的の人物はすぐに見つかった。

「馬鹿なっ！　この期に及んで臆したかっ！！！！！」

古い鎧兜《よろいかぶと》姿の【鳳翼《ほうよく》】徐秀鳳《ジョシュウホウ》が、華美な軍装の男――禁軍の伝令兵を怒鳴りつけている。

「た、確かにお伝えを……で、では………」

伝令は怯《おび》えた様子で馬に乗り、俺と白玲《ハクレイ》の脇を抜け逃げるように走り去っていった。

憤懣《ふんまん》やるかたない様子の勇将へ近づき、話しかける。

「徐《ジョ》将軍」「今のは禁軍の……？」

勇将は険しい顔で振り向き、苦衷《くちゅう》を滲《にじ》ませた。

「……隻影《セキエイ》と白玲《ハクレイ》嬢か。すまぬ。戦の前に見苦しい所を見せてしまった」

西方の味方から、唸《うな》るような咆哮《ほうこう》。

開戦前に、【虎牙《こが》】宇常虎《ウジョウコ》が味方を激励して回っているのだろう。

徐《ジョ》将軍が草原の海を駆け回っている敵騎兵を睨む。

「今しがた伝令が来た。林忠道《リンチュウドウ》は禁軍の半数、五万と共に野営地に留まっている。『龍が兎《うさぎ》を狩るのに全力を尽くす必要はない』らしいぞ？　指揮権は黄北雀《オウホクジャク》へと渡った」

「「っ⁉」」

俺達は驚天動地な事態に、意識が遠くなる。

『最大の敵は愚かな味方だ！』

英風《エイフウ》が酔う度に吐き出していた言葉を思い出す。……予想を超える最悪だっ。

息を深く吸いこんで覚悟を決め、俺は馬を将軍の前へと進める。

「徐秀鳳《ジョシュウホウ》将軍、意見具申致しますっ！」

勇将の眉がピクリ、と動いたが、俺は構わず続けた。

「**撤退を！　今ならまだ間に合います！**」

——朝霧の一部が晴れ、敵軍が薄っすらと見えた。

敵の左翼と右翼が灰一色に染められている。

『灰狼』率いる玄《ゲン》の精鋭部隊『灰槍騎』だ。

瑠璃《ルリ》の言う通り中央に軍列は見えないが……凄《すさ》まじい戦意が陽炎《かげろう》のように揺らめいている。間違いなく伏兵を潜ませているだろう。

実戦経験がなく、会戦経験もない将に率いられた禁軍では太刀打ち出来そうもない。

白玲《ハクレイ》も愛馬の『月影《げつえい》』を駆り、俺の隣へ移動してきた。

「張白玲《チョウハクレイ》も同意します。これは罠です。そこに飛び込んでいけば、勝ったとしても取り返しの付かない被害を受けます！　この場に父がいれば同じ判断をしたと確信を‼」

勇将が瞑目《めいもく》され、言葉を絞り出される。

「──……泰嵐《タイラン》は真《まこと》良き跡取り達を持った。助言感謝する。だが」

轟音《ごうおん》と土煙。衝撃が走り、大きく抉《えぐ》れる。

徐《ジョ》将軍が槍《やり》を取り、地面へ無造作に振るわれたのだ。

巨馬も主人の決意に呼応するかのように前脚を蹴る。

直後──戦場全体を金属音がつんざき支配した。

「こ、この銅鑼《どら》は……」「ちっ！」

白玲《ハクレイ》が銀髪を振り乱し、俺は事態を察して舌打ち。

──晴れつつある霧の中、禁軍の軍旗がはためき前進し始める。

両翼の味方に命令すら出さず、突撃だとっ⁉

徐《ジョ》将軍が巨馬を進めていく。

「先日、我が陣を訪ねてくれた若き軍師殿の推察通り。おそらくは……侵攻そのものが

【白鬼《はっき》】の大掛かりな『罠』であったのだ。一国を用いてのなっ」

長い白髪に少女の如《ごと》き容姿。剣も振るえず、馬にも乗れないという玄《ゲン》の皇帝。

……その細い手に、最初から俺達は搦《から》めとられていたのか？

勇将は全ての逡巡《しゅんじゅん》を振り払い、獅子吼《ししく》。


「事、此処《ここ》に到《いた》っては是非もない。死力を尽くし、敵を喰《く》い破る他はないっ！！！！」


「ですがっ」「……白玲《ハクレイ》」

覚悟を受けてもなお、親父《おやじ》殿の盟友を止めようとする少女を押し留《とど》める。

将軍の瞳が発している光を俺は知っている。

——死に対する覚悟。

駿馬《しゅんめ》を駆った若い武将が頬を紅潮させて、勇将へ剣を掲げた。

「父上っ！　行って参りますっ‼」

「……飛鷹《ヒヨウ》、徐《ジョ》家の誉《ほまれ》を上げよ！」

味方の勝利を疑わない息子と、これから起こる事態を正確に理解しつつも、『誉』という言葉を口にする父親。胸が抉られる。

飛鷹《ヒヨウ》が鎧《よろい》を叩《たた》き、満面の笑みを返す。

「万事お任せくださいっ！　隻影《セキエイ》殿、白玲《ハクレイ》殿、お先に失礼致します‼」

「飛鷹《ヒヨウ》っ！」

咄嗟《とっさ》に俺は青年を呼び止めた。

どんなに優秀であろうとも、徐飛鷹《ジョヒヨウ》は初陣《ういじん》を終えたばかりなのだ。

視線を合わせ、真摯に忠告する。

「……気を付けろ。奴等《やつら》は何かを企《たくら》んでいる」

「御助言忝《かたじけな》しっ！　では、蘭陽《ランヨウ》にてっ！」

飛鷹《ヒヨウ》は朗らかに笑い、自分が率いる先陣へと戻って行く。

……『蘭陽《ランヨウ》』にて、か。そうなればどれだけ良いかっ。

大きな背を向けたまま、徐《ジョ》将軍は俺達へ命を発した。

「張家軍《ちょうかぐん》は遊撃部隊として動いてもらいたい。徐秀鳳《ジョシュウホウ》の名において、全ての行動を許可する。最悪の場合――我等を省みず戦場を離脱、敬陽《ケイヨウ》へ撤退せよ」

前方では万を超える兵達の雄叫《おたけ》び。馬、歩兵の駆ける音。地面が激しく揺れる。

勇将が肩越しに俺達を見た。

「貴殿等を無事に返さねば、泰嵐《タイラン》に申し訳が立たぬし、我が家にとって末代までの恥となる。……辛《つら》い戦になるだろうが、どうか生きてくれ」

槍を天高く掲げ、徐秀鳳《ジョシュウホウ》は全てを振り払うかのように叫び、駆け出した。

「征《ゆ》くぞっ、我が兵《つわもの》共っ！　遅れず――何時《いつ》もの通り駆けて来よっ！！！！！」

『オオオオオオオオオオオオオオオオ！！！！！！！！！！』

南軍の兵士達も大歓呼で応え、勇将の後を追っていく。

憮然《ぶぜん》と佇《たたず》む俺へ白玲《ハクレイ》が静かに問うてきた。

「どう、しますか？」

「決まってるだろ？」

禁軍の隊列が蘭陽《ランヨウ》へ向かって猛全と前進する。

戦功を独占するつもりなのだろうが……俺は何かに耐えられなくなり、大袈裟《おおげさ》に右手を振った。

「何時も通り好きにやるさっ！　徐秀鳳《ジョシュウホウ》と宇常虎《ウジョウコ》は【栄《エイ》】にとって絶対に必要な人達だ。親父殿に全てを背負わせるわけにはいかねぇだろ？」

「確かにそうですが……」

白玲《ハクレイ》は納得しつつも、憂い顔を崩さない。

将器を持つうちの御姫様も、薄気味の悪さを感じているのだ。

「隻影《セキエイ》！　白玲《ハクレイ》！」

振り向くと、金髪を振り乱した瑠璃《ルリ》を先頭に全騎を率いた庭破《テイハ》が馬を走らせてきた。

軍師になった仙娘《せんこ》は興奮した様子で、望遠鏡を握りしめた右手を上下させる。

「分かったっ！　分かったのよっ‼」

「落ち着け、瑠璃《ルリ》」「深呼吸をしてください」

ギリギリまで詰め寄ってきた少女は息を整えると、顔を歪《ゆが》ませた。

「あの木！　何本か枯れていたの。後から植えられて根付けなかったのよ！　近くには岩を埋めた跡も見えたわっ‼」

「どういう意味――……まさか」

空を切り裂く無数の音が耳朶《じだ》を打った。数ヶ月前、敬陽《ケイヨウ》でも聴いた……こいつはっ。

直後――薄くなった霧を貫き、数百の石弾が禁軍の隊列に降り注ぐ。

激しく草原が鳴動し、兵と馬、土が空中高く舞い上がるのが一瞬見えた。

『っ！？！！！』

俺達が動揺する中、砂埃《すなぼこり》が戦場全体を包み込んだ。

悲鳴と苦鳴。怒号に助けを求める泣き声が連鎖していく。

手で必死に視界を確保していた白玲《ハクレイ》が震える声で零《こぼ》した。

「投石器の着弾目安に樹木を利用して……？　し、しかも、この石弾の数……」

「決まってる。各都市から接収したのを総動員しやがったんだろうさっ。観測用に樹木を利用するとは思わなかったがなっ」

──『戦力の転用と集中』。

敵軍師は余程、英風《エイフウ》を敬慕していやがる。

せめて、霧がなければ事前に察知出来たのに……運にも見放されたか。

強い風のせいで土埃《つちぼこり》が晴れ、視界が少しずつ回復していく。

「撃たれたのは禁軍《きんぐん》だけか？」

「ええ。実戦不足を完全に見透かされているわね。数的優位も──」

瑠璃《ルリ》が右手を真っすぐ蘭陽《ランヨウ》の方向に示した。

「今から崩れる」

霧と土埃の中から、金属の鈍い光を放ちながら長槍と大楯《たて》を持つ重装歩兵の大軍が姿を現した。

その数、目算で十万以上！

俺の眼《め》は翻《ひるがえ》る軍旗に描かれた文字をはっきりと捉えている。

――【西冬】。

全部、瑠璃《ルリ》が見抜いた通りかっ！

歯軋《はぎし》りしていると、敵騎兵も突撃を開始した。

混乱の渦中《かちゅう》にあるも、未《いま》だ戦意を喪《うしな》っていない両翼へ狼《おおかみ》の如く襲い掛かっていく。

青帽子を被《かぶ》り直し、うちの軍師が過酷な運命を勧告した。

「奴等を指揮している敵軍師の最終目的は……両翼の徐《ジョ》軍と宇《ウ》軍の殲滅《せんめつ》よ。両軍精強と謂《い》えど、中央の禁軍が崩れれば士気を保てない。容易に包囲されてしまうわ」

「だろうな」

両将が如何《いか》に獅子奮迅《ししふんじん》の武威を示そうとも……包囲されてしまえば、終わりだ。

かと言って、俺達の兵力は僅か千弱。戦局は変えようもない。

……どうしたら、どうすればいい？

「瑠璃《ルリ》さん、庭破《ティハ》」

懊悩《おうのう》する俺に対し、白玲《ハクレイ》は凛《りん》とした面持ちで二人の名を呼んだ。

その場にいる全員の視線が集中する。

「隊の半数を預けます。撤退路の確保を！　私達は後で必ず合流します」

「了解致しましたっ！」「分かったわ」

青年武将と軍師は抗弁せず、すぐさま動き始めた。時間の浪費は出来ない。

――何度だって言う。うちの御姫様には将器がある。

俺はこんな戦場なのに満足感を覚えながら、愛馬を金髪少女へと近づけた。

「瑠璃《ルリ》、頼み事だ」

「……何よ？」

俺は耳元で『戦の後』について、手短に説明した。

戦で一番犠牲が出るのは何時か？　馬を離し目礼する。

「すまんが頼んだ。お前なら戦の『機』を読める筈《はず》だ」

「っ！　分かったわ！」

瑠璃《ルリ》と庭破《テイハ》達が俺達の傍《そば》を離れて行き――

「隻影《セキエイ》！　白玲《ハクレイ》！　待ってるからねっ！」

最後にそう叫ぶと、視界の外に消えた。俺は弓の弦《つる》を確認し、片目を瞑《つぶ》る。

「ま、軍師殿の初陣にしては悪くない戦場だ」

「恰好《かっこう》つけないでください。……何を話していたのかも、とっとと白状するように」

「あ、後で、後でな」

ジト目で要求してきた銀髪の少女を宥《なだ》め、俺は【黒星《こくせい》】を抜き放った。

残った兵達を見渡す。

「皆聞けっ！　我等今より死地へ向かい――味方将兵を援護するっ！」

『応っ！！！！！』

次いで、【白星《はくせい》】を抜いた白玲《ハクレイ》が命じる。

「無駄死には許しません。生きて、敬陽《ケイヨウ》へ！」

『白玲《ハクレイ》様の仰《おお》せのままにっ！』

兵隊が一斉に各々《おのおの》の武器を掲げ、隊列を組んでいく。

……俺の時よりも、幾分従順なような？

既に石弾の発射は終わり、禁軍の旗は次々と倒れ、両翼では草原を血で染める死闘が繰り広げられている。死の気配が充満する戦場を見つめ、白玲《ハクレイ》は釘《くぎ》を刺してきた。

「貴方《あなた》もですからね？　死ぬなら私の後に……いえ、絶対死なないでください」

あっさりと見透かされていたようだ。

ただし、蒼の双眸《そうぼう》には強い不安と怯《おび》え。……困った御嬢様《おじょうさま》だ。

そっと顔を寄せ呟《つぶや》く。

「大丈夫だ。俺は死なないし、お前も死なない。だろ？」

「当然、です」

笑い合って天剣《てんけん》を重ね、馬に指示を出す、

「征くぞ、白玲《ハクレイ》！」「ええ、隻影《セキエイ》！」

＊

弓を引き絞り、立ち塞《ふさ》がる無数の敵兵へ次々と矢を浴びせながら、血路を開く。

グエンや一部の『赤槍騎《せきそうき》』が装備していた金属鎧《よろい》への転換は間に合っていないようだ。

突撃を開始してから何人を倒したかなんて数えちゃいないが……空になった矢筒を捨て、必死に追随してきている少年兵の名を叫ぶ。

「空燕《クウエン》、次！」「これで最後ですっ‼」

替えの矢筒を受け取る間に、並走する白玲《ハクレイ》が矢を放ち、敵騎兵を射貫《いぬ》いて落馬させた。

「春燕《シュンエン》」「はいっ！」

少年に良く似た顔の少女兵がすぐさま矢筒を手渡す。

俺は後方を見やり、庭破《テイハ》を始めとする張家軍の面々に命じた。

「皆、前方の丘へっ！　遅れるなよっ‼」

『はっ！』

敬陽《ケイヨウ》で選抜した駿馬《しゅんめ》達は、混沌《こんとん》と混乱に支配されている死戦場にも動じず低い丘を一気に駆け上がってくれた。

脚を止め、すぐさま戦況を確認し、顔を顰《しか》める。

中央の禁軍は復讐《ふくしゅう》に燃える西冬《セイトウ》軍によって蹂躙《じゅうりん》され四散。軍の形を成しておらず、数えきれない死体が草原に血の海を作り出している。

自信満々だった黄北雀《オウホクジャク》も生きてはいまい。

「まさか、禁軍がここまで呆気《あっけ》なく壊走するなんて……」

白玲《ハクレイ》が小さく戦慄を零し、弓を握り締めた。

どんな愚か者であっても、総指揮官が戦場に居ない時点でこの戦は……。

両翼の徐家《じょか》軍と宇《ウ》家軍は奮戦しているが、前面の『灰槍騎《かいそうき》』だけでなく、側面及び後方に西冬《セイトウ》軍が回り込みつつあるようだ。

如何《いか》な栄《エイ》屈指の勇将、猛将に率いられていても敗北は時間の問題だろう。

それまでに徐《ジョ》将軍と合流出来るかどうか。

「各自、矢の再配分を。終わり次第――徐《ジョ》家軍を包囲しつつある敵の一角を叩《たた》きます。馬の限界が近い者は今の内に後退してください。虚偽報告は厳に禁止します」

俺の懸念《けねん》を余所《よそ》に白玲《ハクレイ》が適確な命を下した。

唇が緩んでしまう。流石《さすが》は俺の妹っ！

「……おい」「ああ」「隻影《セキエイ》様……わ、笑って？」「若だからな。敬陽《ケイヨウ》でもそうだった」

兵達には誤解されているらしい。心外だ。白玲《ハクレイ》が水筒を差し出してきた。

「変な顔をしないでください。皆が見ています。あと、私が姉ですっ！」

「こ、心を読むなよっ⁉」

水筒を受けとり、一口飲んで投げ返す。受け取った白玲《ハクレイ》も水を飲み――

「隻影《セキエイ》、左！」「おうっ！」

注意喚起と同時に、俺は丘を駆け上がって来ようとしている汚れた赤い鎧兜《よろいかぶと》を身に纏《まと》った敵槍騎兵《やりきへい》へ矢を浴びせかけた。その数、約数十騎。

『赤槍騎』の残党っ⁉　数からして斥候なのだろう。

今までの相手ならば一矢《いっし》で一騎を戦闘不能へ追い込んでいたのだが、そこは『赤狼《せきろう》』が率いた玄《ゲン》の最精鋭部隊。巧みに馬を操って散開し、楯を構えて突っ込んで来る。

……奴等《やつら》、死兵だ。今は亡《な》きグエンの仇《かたき》である俺と白玲《ハクレイ》を何が何でも討つつもりか。

ああなった兵は矢だけじゃ止めきれない。

第一、ここで損耗してしまえば徐《ジョ》将軍と飛鷹《ヒヨウ》の救援も出来なくなってしまう。

「白玲《ハクレイ》！　援護を頼むっ‼」「隻影《セキエイ》っ！」

俺は強弓と矢筒を空燕《クウエン》へ押し付け、白玲《ハクレイ》が止めるのも聞かず愛馬を駆けさせた。

見る見る内に先頭の敵騎兵が迫ってくる。

「殺っ――」

突き出された鋭い槍《やり》を躱《かわ》し、擦れ違い様に容赦なく斬り捨てる。

ドサリ、と人が地面に落ちる音が耳朶《じだ》を打つ前に俺は抜き放った【黒星】を手に、次の小部隊へ向けて突撃。

顔を引き攣《つ》らせながらも一歩も退かず『赤槍騎』五騎が突っ込んでくるも――

『！？！！』

「悪いな。俺はまだ死ねないんだ」

槍を、剣を、兜《かぶと》を、革鎧《かわよろい》を、楯を容赦なく両断！　馬首を返し、叫ぶ。

「白玲《ハクレイ》っ！！！！」「一斉に撃ってっ！」

瞬《また》く間《ま》に味方を喪い――丘へ駆け上がるか、単騎の俺を狙うかで迷い、脚を止めてしまった『赤槍騎』へ矢の雨が降り注ぐ。

敬陽《ケイヨウ》からの撤退戦すらも生き延びた歴戦の敵騎兵達が為《な》す術《すべ》もなく討たれていく。

脱出に成功した極一部の背を見つめながら俺は【黒星】を振るい、血を払う。

……奴等、明らかに俺達を捜していた。

白玲《ハクレイ》が部隊と共に丘を降《くだ》ってくる中、どよめきと悲鳴と共に凶報がやってくる。

『敵将、宇常虎《ウジョウコ》――『灰狼《かいろう》』セウル・バトが討ち取ったっ！！！！！』

途端【玄《ゲン》】の軍旗が勢いを増し、【徐《ジョ》】の軍旗から戦意が喪われていくのが分かった。

左翼が崩れたかっ！

「隻影《セキエイ》！」「……急ぐぞ。徐《ジョ》将軍と合流する」

隣へやって来た少女へ告げ、俺は愛馬に合図を出した。

頼むっ！　間に合ってくれっ！

玄《ゲン》の騎兵や南軍後方に襲い掛かる西冬《セイトウ》軍を蹴散らし、敗走している味方の兵へ「徐《ジョ》将軍と飛鷹《ヒヨウ》は何処《どこ》だっ！」と怒号を発しながら、激戦場を遮二無二突き進むこと暫《しば》し――突然、白玲《ハクレイ》が右手に持った【白星】で前方を指し示した。

「あそこですっ！」

敵騎兵多数が十重二十重《とえはたえ》に味方を取り囲んでいる。

ボロボロだが、一際《ひときわ》巨大な軍旗からして……徐《ジョ》家軍の本営！

周囲には一隊を率いた飛鷹《ヒヨウ》が包囲を破ろうと必死に槍を振るい、奮戦している。

千を超す兵士達も誰一人として逃げ出そうとしていない。……何故《なぜ》だ？

考える間もなく、俺達に気付いた敵軍の一隊が包囲を離れ迎撃の構えを見せた。

全騎、灰色の軍装に統一されている――『灰槍騎』！

「そこをどけっ！！！！　命を無駄に捨てるなっ！！！！」

怒鳴りつけるが一顧だにせず突っ込んでくる。士気は旺盛だ。

俺は歯を食い縛る。……飛鷹《ヒヨウ》と合流すれば離脱するのは不可能じゃないが。

お互い騎兵の為《ため》、逡巡《しゅんじゅん》する時すらも与えられず敵軍と激突。

「邪魔だっ！！！！」

剣が漆黒の煌《きら》めきを放つ度、草原に新たな血を供給していく。

「隻影《セキエイ》、右に新手ですっ！」

俺からぴったりと離れず敵騎の腿《もも》を斬り落馬させた、白玲《ハクレイ》が注意を喚起。

味方の苦戦を見て取り、血で鎧を染めた数百の敵が隊列の方向を変えつつある。

――……このままじゃ、まずいっ。

長斧《ちょうふ》ごと右の敵騎兵を叩き斬り、地面に突き刺さっている槍を俺は敵将らしき男に投げつけた。

『!?』

槍は狙い違《たが》わず敵将の胸に突き刺さり、落馬――包囲に微《かす》かな綻びが生じた。

悪戦苦闘していた飛鷹《ヒヨウ》も俺に気付く。

「隻影《セキエイ》殿っ！！！！　父上がっ！　父上が、私を庇って……」

「飛鷹《ヒヨウ》っ！　兵を纏め、退けっ！！！！！」

すると、青年は剣を振るいながら泣きそうな顔で必死に頭を振る。

俺は白玲《ハクレイ》を射貫かんとした矢を迎撃し、遠ざかっていく少年を怒鳴りつけた。

「馬鹿野郎っ！！！！！　味方全員を殺す気――……」

包囲する敵騎兵の隙間から一瞬だけ本営が見え、俺は即座に理解した。

徐秀鳳《ジョシュウホウ》と俺達を襲った黒装の敵将ギセンが一騎打ちを行っているっ！

「中々にやるっ！　名を聞いておこう！」

自らと敵の血で鎧を真っ赤に染めながらも徐《ジョ》将軍が槍を回し、不敵に笑われる。

次いで、刃先を喪《うしな》った黒き大剣を持つ敵将の声が耳に届く。

「……【黒刃《こくじん》】ギセン」

白玲《ハクレイ》が味方の突撃準備を始める中、包囲下で徐《ジョ》将軍が槍をギセンに突き付ける。

「お前が玄《ゲン》最強の勇士かっ！　我が生涯最期《さいご》の勝負の相手にとって不足無しっ‼」

これが、【鳳翼《ほうよく》】！　驚嘆すべき胆力だ。

戦意を漲《みなぎ》らせた勇将の目がほんの微かに動き――俺の目線と交錯。

『すまぬ。……愚息を頼む』

「っ！　徐《ジョ》将軍！！！！」

綻びが閉じ、けたたましい連続した金属音が反響する。

【護国《ごこく》】張泰嵐《チョウタイラン》、【虎牙《こが》】宇常虎《ウジョウコ》の盟友にして、【栄《エイ》】の屋台骨を支えてきた徐秀鳳《ジョシュウホウ》が、ギセンを足止めすべく、最期の力を振り絞り戦っているのだ。

俺は激戦を潜《くぐ》り抜けてもなお、刃毀《はこぼ》れ一つ負っていない【黒星《こくせい》】を握り締め、言葉を振り絞る。

「……白玲《ハクレイ》……お前は飛鷹《ヒヨウ》と合流し、皆と撤退してくれ。俺は」「駄目ですっ！」

味方騎兵が俺達を囲い、残り少ない矢を速射する中、取り出した布を俺の頬に当て、血を拭った少女は蒼眼《そうがん》に凄《すさ》まじい意志を示した。

「絶対に、絶対にっ、許しませんっ！　どうしても行くと言うなら私も一緒に行きますっ！　貴方《あなた》だけに責は背負わせませんっ‼」

血が滲《にじ》む程、拳を握り締める。

……今の俺じゃ徐秀鳳《ジョシュウホウ》と徐飛鷹《ジョヒヨウ》、二人は救えない。懐《ふところ》から布を取り出し、俺は少女の頬についた返り血を拭う。そして、肩越しに俺達からの命を待っている味方へ命令した。

「徐飛鷹《ジョヒヨウ》を救援し――撤退するっ！　いいか、絶対に死ぬなよ？　お前等《まえら》の死に場所はこんな馬鹿げた戦場じゃない」

『**はっ！　張隻影《チョウセキエイ》様っ‼**』

飛鷹《ヒヨウ》が指揮を執っている隊は敵軍に押し込まれ、此方《こちら》へ近づきつつある。合流は難しくないだろう。問題は――……何でもないかのように白玲《ハクレイ》へ話しかける。

「なぁ」「駄目です」

即座の拒絶。俺は顔を顰め、銀髪少女を詰《なじ》った。

「まだ、何も言ってないだろうが？」

「聞かなくても分かります。『殿《しんがり》は俺がする。お前は先に脱出しろ』でしょう？」

未《いま》だ激しい金属音は鳴り止《や》まない。

「はぁ……これだから御嬢様《おじょうさま》はっ！」

「十年前から一緒にいる人の悪い影響を受けたんです。不治だと思います」

可愛《かわい》くない。こういう時の張白玲《チョウハクレイ》は本当に可愛くないっ！

遂《つい》に飛鷹《ヒヨウ》の隊が崩れ始めた。

俺達は【黒星】と【白星《はくせい》】を高く掲げ、短く下令。

「「前へっ！」」

『オオオオオオオオオオオ！！！！！』

雄叫《おたけ》びをあげ、味方は飛鷹隊《ヒヨウたい》を襲う敵軍側面へ突撃を開始した。

俺達も【天剣《てんけん》】を構え直す。

「白玲《ハクレイ》」「……今度は何ですっ！」

再び名前を呼ぶと、少女が怒気混じりで睨《にら》んできた。

【黒星】を肩に乗せ、本音を伝えておく。

「この場に——俺の隣にいてくれたことに感謝する。ありがとう」

「っ！　そんなの……そんなの、全部、全部私の台詞《せりふ》です。……バカ」

蒼眼に涙を滲ませ顔をくしゃっとさせる。

袖でごしごしと目を拭うのを待ち、俺達は頷《うなず》き合った。

「良し、征くぞっ！」「はいっ！」

その後――俺達が間一髪のところで飛鷹《ヒヨウ》を救い、瑠璃《ルリ》の『機』を読んだ支援により、戦場を離脱するその時まで金属音は鳴り響き続けていた。

【鳳翼】徐秀鳳《ジョシュウホウ》は、その生涯最期の戦いにおいても輝かしい『勝利』を収めたのだ。

＊

「敵軍後詰は野営地を放棄。現在、西冬《セイトウ》軍が追撃中！　ごめんっ‼」

伝令兵が最新の戦況を報《しら》せ、足早に天幕を出ていく。

私――セウル・バトは卓上に広げた地図上に駒を置き、考え込む。

大会戦から早三日。各地より届くのは勝報ばかりだ。

首府に留まり、戦後処理を行っている軍師殿からは、

『セウル殿は指揮に専念を。前線には出られませんように』

と命じられているが……正直退屈極まる。

数多《あまた》の将を討ち取り、軍も大破した以上、追撃戦も退屈なものになろうが……戦場で相対し、干戈《かんか》を交えた手負いの敵猛将が既に懐《なつ》かしい。

今後あれ程の雄敵に相対する機を得られるだろうか？

『敵の総指揮官と禁軍《きんぐん》、その他の軍には不和があるようです。そこに付け込みます。『灰《かい》槍騎《そうき》』には、禁軍の兵站《へいたん》部隊を叩《たた》いていただきたい。逆に他の軍には手心を。さすれば、戦を碌《ろく》に知らぬ敵将のこと。略奪に走りましょう。そうなれば――勝ったも同然です』

――全ては軍師殿の目論見《もくろみ》通り。

徐秀鳳《ジョシュウホウ》、宇常虎《ウジョウコ》という、明年以降決行される大侵攻の際、我が軍に立ち塞《ふさ》がるだろう良将達は敵ながら感嘆すべき奮戦の後――蘭陽《ランヨウ》の草原に散ったのだ。

特に徐秀鳳《ジョシュウホウ》は、ギセンを相手にほぼ互角の死闘を演じ、撤退の時間を稼ぎ出してみせた。

……真《まこと》、惜しい将であった。

残るは【張《チョウ》不敗】だが如何《いか》にあの者が名将であろうとも、独りでは全軍に抗しえまい。

蘭陽《ランヨウ》の会戦で、天下の統一は実質的に成ったと言える。

気に喰《く》わぬのは、一度ならず二度までも【御方《おんかた》】なる者の力を借り、我が方に優位な気象を呼び寄せたことだ。まさか、霧が出る日まで当てようとは——

「で、伝令っ！」

突然、泡を喰った様子で新たな兵が天幕内に駆けこんで来た。

咎《とが》めようとする部下を手で抑え、直々に問う。

「どうした？　落ち着いて報告せよっ！」

「は、はっ……」

片膝をつき、息を整えた伝令は頭を下げた。

「東部方面に派遣していた一隊が敵軍の逆襲を受け、敗走した模様です。損害は約千！」

「……何だと？」

皆もざわつく。あれ程の大敗を喫した状況で戦意を維持する敵軍が存在しようとは。

「敵将は何者だっ！」

「そこまでは……。ですが【徐《ジョ》】と【張《チョウ》】の軍旗であった、と」

更にざわつきが大きくなった。私の後方で控えているギセンの眉が、ピクリ、と動く。

地図を覗《のぞ》き込み、私は独白した。

「徐秀鳳《ジョシュウホウ》の縁者。それとも残党か。そして、グエンの仇《かたき》である張家軍《ちょうかぐん》……」

厄介だ。特に後者は寡兵ながら、先の会戦においても我が軍へ無視出来ない損害を与え、撤退すらやってのけた。伝令へ情報を確認する。

「敵軍の動きは摑《つか》めているのか？」

「……はっ。友軍を叩いた後、軍を南方と東方に二分。撤退に移りました。兵数は南方の方が相当に大であります」

敗残の徐家《じょか》軍はともかくとして、張家軍を逃すわけにはいかぬな。

普通に考えれば東方の部隊だが、あからさま過ぎる。……つまり。

立てかけておいた槍《やり》を手にし、私は誰よりも信頼する副将へ叫んだ。

「ギセン！　出るぞっ‼」

「……セウル様、お待ちください」

「何？」

まじまじと見つめると、そこにあるのは強い警戒。我が軍最強の勇士が頭を振る。

「我等は先日の戦にて敵の勇将、猛将を討ちました。敵軍もその多くは国境まで戻れますまい。ですが……馬も兵も疲弊しております。今から無理に追撃を行えば

「不覚を取る可能性がある、と？」

「……はっ」

大勝したとはいえ敵軍の抵抗激しく、我が軍もかなりの損害を被《こうむ》った。

だからこそ、追撃の主力は損耗して構わない西冬《セイトウ》軍に任せている。

束《つか》の間黙考し、

「――分かった」

私は断を下す。

徐《ジョ》家軍も張家軍も叩いておくべきだ。奴等《やつら》は死戦場を生き延びた強者達なのだから。

「ギセン、お前は二万を率いて南方の部隊を追え。私は五千を率い東方の敵を叩くっ！」

戦意を残している、とはいっても、兵数的にはたかが知れていよう。『灰槍騎』半数を動かせば圧倒出来る。

それでも我が師は眉間に皺《しわ》を寄せた。

「……せめて、軍師殿に御指示を」

「戦機を逸すっ！　『追撃は西冬《セイトウ》軍を主力と為すも、急場においては各個の判断にて、敵軍を出来うる限り叩くべし』との命も受けているっ！」

私は十年近くを共に過ごした男と目を合わせ、懇願する。

「徐《ジョ》家残存部隊と厄介な張家軍を叩いておけば、来春以降行われるだろう大侵攻に際し、将兵の負担も減り、皇帝陛下のご宸襟《しんきん》を安んじることも出来よう。……ギセン、頼む。この通りだ！　行かせてくれっ！　無理はせぬよ」

嘘《うそ》は一つも言っていない。本心だ。

同時に——盟友『赤狼《せきろう》』の仇を我が手で討つ機会、逃せぬ。

諸将が固唾を呑《の》む中、ついにギセンが折れる。

「……承知致しました」

「感謝するっ。……私が追った敵軍が張《チョウ》家のそれであっても、恨みっこなしだぞ？」

ニヤリと笑うと、ようやく僅かに表情を崩してくれた。

肩を叩き、戦友と約する。

「この戦の片が全てついたら、私に『燕京《エンケイ》』で奢《おご》らせてくれ。『老桃《ロウトウ》』で作られた美味《うま》い酒を手に入れたのだ」

＊

「隻影《セキエイ》様、白玲《ハクレイ》様、全ての準備完了致しましたっ！　王明鈴《オウメイリン》殿が送って下さった『例の物』も、軍師殿が選抜された肝の据わっている者達に持たせてあります」

「了解した。よっと」「ありがとう。お願いします」

刀傷が残る鎧兜《よろいかぶと》姿の庭破《テイハ》から報告を受け、俺と白玲《ハクレイ》は愛馬から降り、兵達に託す。

夜は近いが篝火《かがりび》を出来うる限り設置している為《ため》、視界に不自由はない。

――此処《ここ》は西冬《セイトウ》の東端。

煌《トウ》帝国の【双英】が、異民族の猛将【餓狼《がろう》】を寡兵で討った故事により『亡狼峡《ぼうろうきょう》』と呼ばれている間道だ。

左右の崖上を見やると、撤退戦を生き残った兵達が身を潜めている。

敗残兵達を吸収した結果、侵攻時よりも頭数自体は増した。先日、敵の斥候部隊を徐飛《ジョヒ》鷹《ヨウ》率いる南軍生き残りと共に迎撃。壊滅させたことで、士気もある程度は回復している。

親父《おやじ》殿の名声が遠国にも届いていたことと、撤退戦下であっても絶対に略奪を許さなかったのが奏功したのだろう。【張《チョウ》】の軍旗を掲げる俺達へ、住民からの襲撃は一度たりともなく、疲弊も最小限度だ。

崖上にいた少年兵の空燕《クウエン》が俺と白玲《ハクレイ》へ向け小さな鏡を反射させ、合図を送ってきた。

俺は庭破《テイハ》へ向き直る。

「来るみたいだな。地名通りに『狼《おおかみ》』が出張《でば》ってくることはないだろうが……」

俺達が『囮《おとり》』を務めることに不満な、馬上の少女軍師へ片目を瞑《つぶ》り、

「庭破《テイハ》、後は我等が軍師殿の指揮に従ってくれ。策が破れた場合は俺に構わず」

「『私達』に構わず退《ひ》いてください。救援は不要です」

白玲《ハクレイ》によって遮られる。

「……おい」

「策は破られません。私は瑠璃《ルリ》さんを信じています」

少女軍師が唇を噛《か》み締め、青帽子を深く被り直した。手には緑の巻物。

幾度か深い呼吸を繰り返すと——瞳が深い知性の光を放つ。

「蘭陽《ランヨウ》の会戦で奴等は大勝を得たわ」

禁軍、西軍は壊滅し、南軍も半壊。主だった将も蘭陽《ランヨウ》で散るか、撤退戦で討ちとられた。

参陣しなかった林忠道《リンチュウドウ》もただでは済んでいないだろう。

——そんな中で、俺達だけは敵軍に打撃を与えながら撤退を果たした。

瑠璃《ルリ》が唇の端を吊《つ》り上げる。目元には闘志。

「けど、徹底的な追撃の中、突然一敗地に塗《まみ》れた。しかも、それは張《チョウ》家軍と徐《ジョ》家軍の生き残り。『勝ち戦に瑕疵《かし》をつけた小癪《こしゃく》な連中を逃しはしない』……至極、読み易《やす》いわ」

この少女は、少しだけ英風《エイフウ》に似ている。

あいつもまるで鳥の眼《め》を持っているかのように、戦場を、そして戦局すらも見通した。

勿論《もちろん》まだまだだが。俺はわざと軽口を叩く。

「こえ～こえ～。でも、幾らあいつ自身が強く望んだからって……飛鷹《ヒヨウ》達を行かせて良かったのか？」

敵の一隊を叩いた後、瑠璃《ルリ》は友軍を二分させた。

俺達は張《チョウ》家軍と同行を願い出た兵、合わせて約二千を率いて敬陽《ケイヨウ》を目指し東方へ。

飛鷹《ヒヨウ》は残る五千と共に南方へ後退した。

圧倒的劣勢の中で、兵を分けるのは危険な選択ではある。

瑠璃《ルリ》は自分の水筒を白玲《ハクレイ》へ押し付けながら、答えた。

「油断していた斥候部隊は潰せたわ。けど――結局集結しても兵数的には劣勢よ。だったら、お互いを『囮』として、敵追撃部隊を分散させた方がいい。かつて、この地で異民族の大軍を破った【双英】の故事に倣いましょう」

俺はゆっくりと指を剣の鞘《さや》に滑らせる。

確かにあの時――英風《エイフウ》は軍を二分。

少数部隊を俺に指揮させ、当時は名すらなかったこの峡谷で【餓狼】を待ち受け、討ち取らせた。

「分かった、分かった。万事任せる。どうせなら、派手にやってくれ！」

「任されたわ」「御武運をっ！」

瑠璃《ルリ》と庭破《ティハ》が馬を駆けさせ、持ち場へと移動してく。

残ったのは——

「白玲《ハクレイ》」「隻影《セキエイ》」

同時に名前を呼び合う。間が悪いっ。

「……何だよ」「何ですか……」

「「…………」」

お互い言葉をなくし、黙り込む。

俺は躊躇《ためら》い、手で制した。

「ああ、いや——止《や》めとく。柄じゃないしな」

「そうですか。じゃあ、私は伝えておきます」

白玲《ハクレイ》が俺へと近寄ってきた。

手を伸ばし、細い指で汚れている頬へ触れ、美しく微笑《ほほえ》む。

「貴方《あなた》は私が守ります。背中、守ってくださいね？」

……言われちまったか。

俺は少女の背中に手を回し、ほんの軽く抱きしめた。

華奢《きゃしゃ》な身体の震えを感じながら、赤くなった耳元に決意を告げる。

「………任せろ。お前は俺が守る」

身体を離し、【黒星《こくせい》】を抜き放ち、間道の中央へと立つ。

白玲《ハクレイ》もまた【白星《はくせい》】を抜き、俺の左隣へと進んだ。

――風が獣の匂いを運び、多数の馬の駆ける音。

近づきつつある闇を吹き飛ばし、突っ込んできた騎兵の群れへ咆哮《ほうこう》する。

「**そこまでだっ！　止まれっ、『狼』共っ！！！！！！！！！！！！！！**」

『っ！？！！』

灰色騎兵の群れが急停止し、明らかに動揺を示した。

俺と白玲《ハクレイ》は阿吽《あうん》の呼吸で不敵に微笑み、剣を構えて名乗る。

「我が名は張隻影《チョウセキエイ》っ！　張泰嵐《チョウタイラン》の息子なりっ！！！」

「同じく、張白玲《チョウハクレイ》っ！　張泰嵐《チョウタイラン》の長子ですっ！！！！」


動揺が更に広がっていく。まさか、たった二人が立ち塞《ふさ》がるとは想像の埒外《らちがい》だったか。

数百の敵騎兵を揶揄《やゆ》する。

「おいおい？　こうして張《チョウ》家の二人がわざわざ名乗ったんだぞ？　お前等《まえら》の将はそれに対して名乗ることすらもしない蛮人なのか？　それとも――まさかたった二人しかいない俺達が怖いのか？？」

『～～～っ⁉』

敵兵の顔に怒りが浮かぶ。剣や槍《やり》の柄が軋《きし》み、馬達も前脚で地面を削り取る。

隊長格と思われる壮年の騎士が左手を挙げ――

「待てっ！」

先頭へと馬を進め、美形の武将が短く命じた。

手に持つはギセンのそれに似た大剣。身に纏《まと》っているのは灰色に染められた鎧兜だ。

……こいつ、まさか？

敵将は目を細め、馬上から俺達を睥睨《へいげい》した。

「張《チョウ》家の小僧は口の利《き》き方を知らないようだな。加えて、銀髪蒼眼《そうがん》の少女。確かに張泰嵐《チョウタイラン》の縁者のようだ。――……つまり」

肌がゾワリと震えた。大剣を俺達へ突き付け、若き敵将が敵愾心《てきがいしん》も露《あら》わにする。

「お前達こそが、盟友『赤狼』の仇《かたき》というわけだっ！　我が名はセウル・バト！　偉大なるアダイ皇帝陛下より『灰狼《かいろう》』の称号を賜りし者っ‼　短い間だが、見知りおけっ！」

「……っ」

隣の白玲《ハクレイ》が息を呑んだ。無理もない。

『四狼《よんろう》』の一角が追撃部隊を率い、小部隊である俺達を追ってくるとは。

巨馬の嘶《いなな》きが周囲一帯に響き渡り、セウルが叫びながら俺達へ突進してきた。

「私を待っていたとは殊勝！　その礼だ！　二人して共に殺してやろうっ！！！！」

「誰がっ！」「御断りですっ！」

烈風を伴い放たれた大剣の斬撃と、俺達の振るう【黒星】と【白星】がぶつかった。

短期間に無数の激しい火花が散り――セウルが後方へと駆け抜ける。白玲《ハクレイ》の頰を汗が伝っていく。馬首を返した敵将が表情に驚きを示す。

「ほぉ……今ので死なぬとはなっ！　二人同時ならば宇常虎《ウジョウコ》にも劣らぬだろう。流石《さすが》、と褒めておく！」

柄を握り締めて痺《しび》れを払い、わざと挑発する。

「称賛してくれるのは有難《ありがた》いが……」

「貴方の武勇、私達と交戦した黒髪の敵将に劣るようですね」

俺の意図をすぐさま察し、白玲《ハクレイ》も後に続いた。

セウルの眉が動く。

「……何だと？」

かかったっ！　大剣を振り下ろし、犬歯を剥《む》き出しにして睨《にら》みつけてくる。

「確かに我が副将ギセンは玄《ゲン》随一の勇士！　だが。私とて後れを取っているつもりはないっ‼　愚弄するのは止めて――っ！」

『⁉』

敵騎兵の後方が丘から転がってきた丸太によって遮断され――大轟音《ごうおん》と猛火が闇を赤く染め上げた。

明鈴《メイリン》の差配で運びこまれ、瑠璃《ルリ》の指示により仕込まれた火薬の樽《たる》が爆発したのだ。

未経験の音と匂い。何より広がっていく炎により、人だけでなく馬も混乱し、隊列が崩れていく。セウルの顔が憤怒《ふんぬ》に染まり、俺と白玲《ハクレイ》へ罵声を浴びせてくる。

「おのれっ！！！！」

左右の崖上に篝火《かがりび》が灯《とも》され、ボロボロだが未《いま》だ健在な【張《チョウ》】の軍旗が翻《ひるがえ》った。

遠目にもはっきりと分かる長い金髪の少女が望遠鏡を掲げ、振り下ろす。

「今よっ！　撃ってっ！！！！」

矢の雨が降り注ぎ、敵兵に何もさせず打ち倒していく。

無論――時間が立てば突破されてしまうだろうが、少なくとも敵部隊を二分させることには成功した。

第一段階は良し！

崖上の味方と混乱から立ち直った敵騎兵が激しく撃ち合うのを見て、セウルが嘲笑。

「……ふんっ。奇怪な火計には少々驚いたが、所詮は単なる伏兵、この程度の計略で我等を止められると思うなっ」

そして、自らに向かった降り注ぐ数十本の矢を事もなげに叩《たた》き落とす絶技を見せ、凄《すさ》まじい怒号を発した。

「小賢《こざか》しいっ！　貴様《きさま》達が矢を激しく損耗していること……調べていないとでも思ったか

っ！　すぐにでも尽きるのであろう？　【亡狼《ぼうろう》】の故事など御伽噺《おとぎばなし》に過ぎぬっ‼　諦めろっ！！！！」

巨馬を駆けさせ、再び俺達に襲い掛かってくる。勢いの衰えた矢では止められない。

「そいつはどうかな？」「私達の軍師さんを甘く見過ぎです」

――だが、俺達に焦《あせ》りは一切なかった。

『敗走した栄《エイ》軍は矢が欠乏している』

その情報が届くのも瑠璃《ルリ》は推察していたのだっ！

罠《わな》が……閉じる。

セウルが大剣を頭上に振り上げ、

「世迷言《よまいごと》、っ⁉」

雷の如《ごと》き凄まじい轟音が峡谷全体に響き渡り、驚愕《きょうがく》に顔を染めた。

空には雷雲はない。

「こ、これは、っ！」

巨馬が生涯で初めて聞いたであろう音に驚き、前脚を大きく上げた。

背の敵将は振り落とされそうになるも、転がりながら地面へ着地。

衝撃で兜《かぶと》を飛ばすも、片膝をつき体勢を整え、俺へ憎悪《ぞうお》の視線を叩きつける。

後方では敵騎兵の半数近くが轟音と、放たれた小石の直撃を受けて落馬し、苦鳴をあげている。崖上の瑠璃《ルリ》が軍旗を両手で持ち大きく振った。

弱まった筈《はず》の矢が激しさを取り戻し、古参騎兵が崖を駆け降りて来る。

俺達は一気に間合いを詰め、

「お前等は敵ながら恐ろしく精強だよ、『灰狼』殿！」

「私達に追いつく部隊は騎兵だと確信していました！」

「ちぃっ！！！！」

左右同時にセウルへ剣を振るった。

接近戦では不利に働く大剣を巧みに操り炎の中、敵将が俺達の攻勢を凌《しの》ぎに凌ぐ。

「知っての通り、馬は元来臆病な生き物だ。戦場音楽や、銅鑼《どら》の音には慣れていても！」

「【西冬《セイトウ》】で密《ひそ》かに開発されていた、『火槍《かそう》』の音には耐え切れなかったみたいですね！」

これこそ瑠璃《ルリ》の『策』。

後方に炎。左右の二重伏兵――そして、前方は俺達による敵将単独を狙った四方包囲。

『火薬』と『火槍』という千年前にはなかった代物を加えた『狼殺《ろうさつ》の計』だ。

蘭陽《ランヨウ》の会戦にこそ間に合わなかったものの王明鈴《オウメイリン》はどんな魔術を使ったのか、筒を銅製とした改良型の『火槍』を敬陽《ケイヨウ》から合計で百本程を送り込んできた。同時に矢や糧食も補給を受けている。

あいつこそ本物の『仙娘《せんこ》』なのかもなっ！

時に同時に。時に位置を入れ換え。時に緩急をつけて。

俺と白玲《ハクレイ》の剣舞は、少しずつ――だが確実に敵将を追いつめ、血を滲《にじ》ませる。

「おのれっ！　おのれ、おのれ、おのれぇぇぇぇ！！！！」

炎に照らされる中、強烈な横薙《な》ぎを放ち、俺達を無理矢理後退させたセウルが怒号。

「負けぬっ！　絶対に負けぬっ！！！！　ギセンを超えるまではっ！　皇帝陛下の天下統一をこの目で見るまではっ！！！！　私は負けられぬのだっ！！！！」

今の連続攻撃で仕留めきれないとは。

混乱していた敵騎兵は味方が猛全と叩いているが……遮断した敵兵が回り込んで来れば、一転して窮地に陥るだろう。改良型の『火槍』も二発目を放つには時間がかかる。

――勝負を懸けるしかない。

【白星《はくせい》】を構え、必死に息を整えている幼馴染《おさななじみ》の少女へ目配せ。

同意を確認する前にセウルへ単独で突撃し、全力で剣を振り下ろす。

「これでっ！」「舐《な》めてくれるっ！」

漆黒の剣身と罅《ひび》の走った大剣が激突！

砂塵《さじん》と火の粉を巻き上げ——

「白玲《ハクレイ》！」「はぁぁぁぁ！！！！」

銀髪を靡《なび》かせ、少女は寸分の遅れもなく剣を振り下ろした。

——純白の剣閃《けんせん》。

限界を超えた大剣が半ばから断ち切られ、宙を舞う。

「なっ⁉　鋼の刃《やいば》そのものを断ち切って！？！！」

驚きで、セウルの反応がほんの僅かに遅れた。

それでもなお腰の剣を引き抜き、俺の胴を薙ごうとし、

「悪いなっ！　賭けは——……俺達の勝ちだっ！！！！」

半瞬先に、漆黒の剣身が敵将の胴を易々《やすやす》と貫いた。

手から大剣と剣が零《こぼ》れ落ち、地面に突き刺さる。

セウルの唇から鮮血が溢《あふ》れ、

「ごふっ…………グ、グエン……ギセン…………へ、いか、もうしわけ……」

無念の言葉を吐きながら崩れ落ちた。……紙一重の勝負。

技量差はなく武器の差か。俺は深く息を吸い、

「敵将『灰狼』！　張隻影《チョウセキエイ》と張白玲《チョウハクレイ》が討ちとったっ!!!!!!!!」


炎に包まれつつある戦場全体に勝鬨《かちどき》を轟《とどろ》かせた。

『オオオオオオオオオオオオオオ!!!!!!!!!!!!!!!』

すぐさま味方も呼応すると、敵騎兵から戦意が急速に喪《うしな》われていく。

俺と白玲《ハクレイ》はその光景を見つめ――

「「…………」」

無言でお互いの拳をぶつけ合った。それだけで――心は通じる。

谷の上から瑠璃《ルリ》が叫んだ。

「二人共急いでっ！　すぐ撤退よっ‼」

【天剣《てんけん》】を高く掲げる。

嵩《かさ》にかかって追撃してくる敵の出鼻をくじく、という作戦目的は辛《から》くも達した。後は敬陽《ケイヨウ》を目指すだけだ。

膝を曲げ、俺はセウルの目を閉じる。

……恐るべき雄敵だった。

庭破《テイハ》と兵達が、俺達の愛馬を連れて来てくれるのが見える。

俺は白玲《ハクレイ》と深く頷《うなず》き合い、丘の上の瑠璃《ルリ》に手を振った。

「全力で退くぞ！　渡河は明鈴《メイリン》の小舟頼みだ‼　船がなかったら、泳ぎだな」

「……縁起でもない事を口にしないで下さいっ。その時は、私を背負ってくださいね」

終章

「若！　白玲御嬢様《ハクレイおじょうさま》！　……よくぞ、よくぞ御無事で………」

『亡狼峡《ぼうろうきょう》』を抜けた先――大河支流。西冬の東端。

敬陽《ケイヨウ》へ帰還する為《ため》の最後にして最大の難所で、俺達を軍と共に待っていたのは白髪白髭《しらひげ》の老将――礼厳《ライゲン》だった。憚《はばか》りもなく涙を滂沱《ぼうだ》と零し、漢泣きに泣いている。

「爺《じい》、敵地で泣くなよ。取り敢《あ》えず俺も白玲《ハクレイ》も生きてはいる」

「礼厳《ライゲン》、援護ありがとう。でも……これはいったい？　朝霞《アサカ》、少し離れてっ」

自分付の女官に抱き着かれている白玲《ハクレイ》が後方を振り返り、不思議そうに質問した。

――そこにはある筈のない『橋』が三本。

何《いず》れも土台に小舟を使い、板を通している。

俺と白玲《ハクレイ》が最後に渡河したが、強度に不安はなかった。天候に恵まれたこともあり、兵と馬達も無事渡ることが出来たのだ。

正直ここで時間を喰《く》われて、最悪の場合は遅滞戦闘も覚悟していたんだが……。

礼厳《ライゲン》が白髭をしごく。

「ああ、これはでございますね」

「勿論《もちろん》っ！　私が差配しましたっ‼」


「「！」」

突如、この場にいる筈のない少女の声が耳朶《じだ》を打った。

近くの岩に腰かけている瑠璃《ルリ》が「……うわ」と呟《つぶや》く。

橙《だいだい》帽子の下から覗《のぞ》く栗《くり》茶髪を揺らしながら、子供のような背丈の少女——王明鈴《オウメイリン》は大股で俺の前へ歩いて来るや不敵な笑みを浮かべ、背伸びをした。

「ふっふっふっ……こんなこともあろうかとっ！　隻影《セキエイ》様が以前話されていた小舟の仮橋をかけておいたんですっ‼　さ、『凄《すご》い！　素晴らしい！　敵地にも来てくれるなんて、明鈴《メイリン》、お前は俺の嫁に相応《ふさわ》しい！』と抱きしめながら仰《おっしゃ》ってくださいっ‼」

「……嫁にする予定はねぇが」

こいつ、俺との茶話をまた実現したのかよ。

以前の外輪船といい……王明鈴《オウメイリン》はとんでもない。

俺は近くで控えている黒髪美人の静《シズカ》さんへ目礼し、

「心から感謝する。『火槍』と『火薬』も助かった。お前は俺達の命の恩人だ」

頰に軽く触れた。

すると、明鈴《メイリン》は目を瞬《しばた》かせ、幸せそうに相好を崩して身体《からだ》を左右に揺らし始める。

「――……えへ、えへへ～♪　隻影《セキエイ》さまぁ☆」

「うおっ！」「む……」

至近距離から抱き着かれ、躱《かわ》すわけにもいかず受け止める。

だが当然、俺は戦塵《せんじん》と自らの汗と血で汚れているわけで……。

「お、おい。汚れるぞ？」

「これっぽっちも気にしませ～ん！　……御無事で本当に良かった。お帰りなさい」

明るく答え、胸に顔を埋《うず》めた明鈴《メイリン》は一転祈るように目を瞑《つぶ》った。

架橋の陣頭指揮を執っていたのだろう。髪には幾つも葉と枝がついている。

戦場にいなくとも一緒に戦ってくれていたのだ。

少女の髪を汚さないように葉と枝を取っていると、細い手が脇から伸びてきた。

「はい、そこまでです」

「お？」「むむ！」

明鈴《メイリン》は俺から引きはがされ、朝霞《アサカ》の拘束を脱出した白玲《ハクレイ》に移動させられる。

そして、栗茶髪の少女を地面へ降ろすと頭を下げた。

「明鈴《メイリン》、私からも感謝を言わせてください。貴女《あなた》のお陰で泳がずに済みました。……隻影《セキエイ》の背中に抱き着いて渡ることも想定していましたし」

御礼《おれい》、だよな？

朝霞《アサカ》は――駄目だ。静《シズカ》さんに宥《なだ》められていて役に立ちそうにない。

金髪少女軍師様は我関せずの構えで、持ち込まれた新鮮な桃を齧《かじ》っている。

王明鈴《オウメイリン》が微笑を浮かべ、背伸びをして銀髪の美少女と目を合わせた。

「白玲《ハクレイ》さんも御無事で良かったです。た・だ・しっ！『隻影《セキエイ》の背中』という言葉は座視出来ませんっ！ 詳細な説明を求めますっ‼ どーせ、激戦の合間合間には、ここぞとばかり隻影《セキエイ》様に甘えていましたよねっ⁉」

「――……憶測ですね。何を根拠に」

白玲《ハクレイ》は淡々とした口調で返したが、目は泳いでいる。ご、誤解される反応をっ！

「だ……そうですが？ 瑠璃《ルリ》、近くで見ていた貴女の見解は如何《いか》に？」

腕組みをし、明鈴《メイリン》は詰問《きつもん》口調で仙娘を巻き込んだ。

桃を食べ終えた瑠璃《ルリ》は面倒くさそうにしながらも岩から降り、二人へ近づいた。

「夜は私と一緒に寝てたわよ？　朝はいそいそと起き出して、嬉《うれ》しそうに毎日二人で鍛錬しながら話をしてたみたいだけど。その後の昼間は——基本的にずっと隻影《セキエイ》の傍《そば》にいたわね。戦場でもそうだったし」

「る、瑠璃《ルリ》さんっ⁉」「る、瑠璃《ルリ》っ⁉」

白玲《ハクレイ》と俺は戦友の裏切りにあたふたとしてしまう。

両手を合わせ明鈴《メイリン》が悪い顔になった。

「……白玲《ハクレイ》さん、何か申し開きはありますかぁ？　私はと～っても寛大なので、聞いてあげても良いですよぉ～★」

苛立《いらだ》たしげに銀髪を手で払い、幼馴染《おさななじみ》の少女は頬を少しだけ膨らます。

「——……貴女にどうこう言われる筋合いはありません。私と隻影《セキエイ》の話なので」

「きーっ！　何ですかっ⁉　その『私達は信頼し合っているので』的な言い方っ。きっと、瑠璃《ルリ》だって内心度し難《がた》く思っているに違いありませんっ！　そうですよねっ⁉」

「瑠璃《ルリ》さんは私の味方です。今回の戦で仲良くなりましたし。ですよね？」

明鈴《メイリン》と白玲《ハクレイ》がほぼ同時に、蒼《あお》帽子の少女に詰め寄った。

呆《あき》れながら右目を細め、俺を見てくる。

ないと。

遠征開始時よりも兵数自体は敗残兵を吸収し、増えた。希望する者は故郷へ帰してやら

瑠璃《ルリ》の抗議を背に受けつつ、俺は岸に立つ礼厳《ライゲン》の下へ。

「ち、ちょっとっ⁉」

「……ねぇ」「軍師殿、後は任せた」

死戦場を生き延びた庭破《テイハ》が俺に気付き、色気のある敬礼をして離れていく。

俺は目の前の穏やかに流れる河を見つめ、静かに命じた。

「爺、仮橋はこの後すぐに落とせ。奴等《やつら》に使われたらことだ」

「はっ。そのつもりで準備をしております」

流石《さすが》は親父《おやじ》殿の副将だ。剣の柄に手を置き確認する。

「戦況については何処《どこ》まで伝わってる？」

「概《おおむ》ねは──禁軍《きんぐん》、宇《ウ》家軍は主将を喪い壊滅。徐飛鷹《ジョヒヨウ》様が率いられた残余も後退中に追撃を受け交戦。潰走し、大打撃を被《こうむ》ったようでございます。飛鷹《ヒヨウ》様は辛《かろ》うじて逃れられたようですが、軍としての再建は時がかかりましょう」

そうか……南方へ向かった徐家《じょか》軍は捕捉されてしまったのか。

父を喪いながらも、必死に前を向こうとしていた青年を想《おも》う。

おそらく、ただ逃げるだけを良しと出来なかったのだろう。

左手で額を押さえ、瞑目《めいもく》する。

「……飛鷹《ヒヨウ》には東へ退くよう言って別れる際も、『戦闘は避けろ』と忠告したんだがな。俺達も『灰狼《かいろう》』と交戦し、あそこにいる瑠璃《ルリ》の一計で討ち取った。今後は俺達の軍師として遇する」

礼厳《ライゲン》が真っ白な眉を吊《つ》り上げ驚愕《きょうがく》した。直近の情報は届いていなかったか。

「何と……『四狼《よんろう》』の一角をまたも」

「運が良かっただけだ。それに……」

「隻影《セキエイ》様？」

突風が吹き荒れ水面《みなも》を激しく乱した。

——黒き大剣の妖しい光が脳裏にちらつく。

『灰狼』を討ち取っても、あの男が後を継ぐかもしれない。

俺は妄想を振り払い、手を外した。

「何でもない。『白鳳城《はくほうじょう》』へ遣いを出してくれ。親父殿と今後の防衛態勢について話しておきたい。出来る限り早くな」

「無論構いませぬが……若は今後の戦局がそれ程までに悪化すると御考えなのですか？」

「……ああ」

どうしても声色が冷たくなってしまう。

俺は自分を落ち着かせる為、肩越しに白玲《ハクレイ》達を見た。

「だからぁ、瑠璃《ルリ》は私の妹同然の子なんですっ！」

「いいえ、瑠璃《ルリ》さんは私の妹です。貴女にはあげません」

「……私、貴女達の妹じゃないんだけど……？」

白玲《ハクレイ》と明鈴《メイリン》に挟まれている瑠璃《ルリ》は困りながらも、周囲には白い花が舞っている。

見守る静《シズカ》さんや朝霞《アサカ》、兵達までもが表情を綻ばせ、ふっ、と俺の心も軽くなった。

老将へ戦況についての見解を告げる。

「俺達は今回の戦いで瑠璃《ルリ》という得難《えがた》き仙娘《せんこ》を得た。白玲《ハクレイ》も、庭破《テイハ》や兵達も成長している。だが喪《うしな》った者は余りにも……余りにも多い。アダイもそのことに気付いているだろう。奴《やつ》が好機を見逃すとは到底思えない。【鳳《おおとり》】の羽は折れ、【虎】の牙も砕けた。……もうこの国を守れるのは【張護国《チョウごこく》】と臨京《リンケイ》の老宰相閣下しかいないんだ」

＊

玄《ゲン》帝国首府『燕京《エンケイ》』。

皇宮最奥《さいおう》に位置する内庭で、ギセン殿と共に西冬《セイトウ》より戻った私――ハショは跪《ひざまず》き戦況報告を行っていた。

頬を冷や汗が伝い地面を濡《ぬ》らし、身体の震えは全く止まらない。

これは純粋な畏怖によるもの。

私は目の前に座る少女の如《ごと》き人物を……認め難《がた》いが恐れている。


「……以上が此度《こたび》の戦における戦果となります、アダイ皇帝陛下」


幼き頃より、自分の賢さには気づいていた。

『千狐《せんこ》』の長《おさ》に才を見出《みいだ》され、玄《ゲン》の軍師として推挙を受けたのは当然のことだ。

生者で私に比類する者は、一度だけ不覚を取った名も知らぬ少女の他はいない。

たとえ、皇帝陛下であろうとも、軍略ならば勝りうる――そう内心で自負もしてきた。

……嗚呼《ああ》、それなのにっ。

唇を噛《か》み締め、更に頭を下げる。

「『灰狼』の死につきまして、本人と副将ギセンに責はございません。あるとすれば陣頭指揮を怠った私に……」

蘭陽《ランヨウ》に届いた凶報を聞いた時、私には信じられなかった。

『セウル・バト将軍――張隻影《チョウセキエイ》、張白玲《チョウハクレイ》に敗れ、討ち死にっ！』

『赤狼《せきろう》』に続き、玄《ゲン》の誇る『四狼』が張《チョウ》家の小僧と小娘に敗れるなどとっ。

陛下が立ち上がられた。身体の震えは収まらない。

長い白髪が視界を掠《かす》め、涼やかな声が降ってくる。

「此度の戦役で我が軍はお前の献策により、音に聞こえし【栄《エイ》】の三将――張泰嵐《チョウタイラン》、徐《ジョ》秀鳳《シュウホウ》、宇常虎《ウジョウコ》の内、後者二人を討ちとり」

「っ！」

必死に呻《うめ》きをあげそうになるのを堪《こら》える。

――陛下が私の肩に小さな、けれど重き手を置かれたのだ。

「十万余の敵兵を壊滅させ、西冬《セイトウ》の民の心までも我等に傾けた。そのような者をどうして処罰出来ようか。私は愚者になるつもりはないぞ、ハショ？」

「は、はっ。申し訳ありません。寛大な御言葉、汗顔の至り！」

すらすらと言葉は紡《つむ》がれたが、心中に嵐が巻き起こる。

『灰狼』は敵の策に嵌《はま》り討たれた。

張家《ちょうか》に私を虚仮《こけ》にした者が、軍師がいるのだっ。

絶対に許せぬ。この恥辱、必ず晴らして見せよう。

私が平伏《へいふく》したまま決意を固めていると、陛下が口を開かれた。

「ギセン、張家の幼虎共はどうであった？」

「娘は我が敵たり得ませぬ。ですが、謎の黒剣を振るいし息子は……」

勇士が顔を上げる。

「その脅威――張泰嵐《チョウタイラン》に匹敵するかと」

「……そうか」「…………」

張隻影《チョウセキエイ》。ギセン殿を退け、セウル殿を討った者。……いったい何者なのだ。

陛下が書物を閉じられた。

「良くやってくれた。当座の褒賞《ほうしょう》代わりだ。以後――『黒狼』の称号を名乗れ」

「……畏れながら」「！　ギセン殿っ」

慌てて私は我が軍随一の勇士を止めようとする。

陛下が如何《いか》に寛大とはいえ御言葉を拒絶すれば、最悪死罪になってしまう。

小さく白い手が掲げられる。

「反論は許さぬ。遠からず我等は南征を再開する。『四狼』が僅か二頭では寂しかろう？

お前がセウルの死に悔恨を持っているならば――戦功を以《もっ》て晴らすべし。良いな？」

「――……御意」「あ、有難《ありがと》うございます」

ギセン殿と共に頭を下げ、私は拳を握った。

受けた恥辱も、戦友達を喪った痛みも決して忘れぬ。

張隻影《チョウセキエイ》と張白玲《チョウハクレイ》、そして敵軍師も必ず！　この私が討ち果たして見せよう。

アダイ皇帝陛下が威厳と共に宣告される。

「次の一戦こそ――天下統一を成す決戦となろう。兵馬を養い再戦に備えよ。ハショ、ギセン、御苦労だった。下がって良い。西冬《セイトウ》へ戻る前に戦場の疲れを癒《いや》していけ」

＊

未熟な軍師と寡黙な勇士を引き揚げさせた私――玄《ゲン》帝国皇帝アダイ・ダダは、椅子に座り独白した。

「またしても、張隻影《チョウセキエイ》と張白玲《チョウハクレイ》の仕業か。しかも、討たれた場所が『亡狼峡《ぼうろうきょう》』とは……セウルは名将になれる資質を持っていた。残念だ」

『赤狼』グエン・ギュイ。

『灰狼』セウル・バト。

どちらも得難き忠臣であり、勇将と良将であった。

無論――『皇《コウ》不敗』に比類はせぬが、それは仕方なきこと。

全ての史書を読んだからこそ断言出来る。

前世の我が畏友に勝る将はこの千年の間、唯《ただ》の一人も生まれていない。

ギセンの武も全盛期の英峰《エイホウ》と相対すれば霞《かす》む。

ならぬ。

……今この場に奴がいてくれたのならば、当の昔に天下統一は成せていた。世は真まま

私がこうして生を得ているのだから、奴とて生まれ変わっても良いだろうに。

詮なきことを考え、私は活《い》けてある『老桃《ロウトウ》』の花に触れた。

静かに問いを発する。

「で？　貴殿は張《チョウ》家の幼虎共が携える黒と白の剣こそが、私の探し求める【天剣《てんけん》】だと、そう言いたいのだな？」

「確証は未《いま》だない。……が、状況はそう示し、【御方《おんかた》】も同様の見解を持っている」

視界の外れに狐《きつね》面の人物が現れた。小柄な身体《からだ》に外套《がいとう》を羽織っている。

『千狐』という、闇に潜む密偵組織の者だ。

……この者だけでなく、【西冬《セイトウ》】を裏で支配する仙術にかまける妖女もか。

密偵が金属片を卓上へ放り投げる。大剣の欠片《かけら》のようだ。

「【黒刃《こくじん》】と【灰狼】の大剣は天下に名高き業物《わざもの》だった。前者はボロボロに……後者に到《いた》っては両断された。俄《にわ》かには信じ難し」

「………………」

生前の英峰《エイホウ》は【天剣】をもって、人では到底斬れぬ『老桃《ロウトウ》』の巨岩を斬った。

私は鋭い金属片を手に取り、静かに見解を伝える。

「その奴等《やつら》が本当に【天剣】を持っていると、信じることは容易に出来ぬ。たとえ、張隻《チョウセキ》影《エイ》が黒き剣を振るっていたとしてもな。だが――『狼《おおかみ》』を立て続けに討ったは紛れも無き事実。張泰嵐《チョウタイラン》の息子と娘となれば猶更《なおさら》警戒を要すだろう」

広げられた戦域図に金属片を突き刺す。

そこに書かれていた名前は――『徐飛鷹《ジョヒヨウ》』。

「故に憐《あわ》れな【鳳翼《ほうよく》】の遺児を用いて、布石を打っておくとしよう。此度の侵攻に参加した愚かな副宰相と『鼠《ねずみ》』も計画通り生き残った。上手《うま》くいけば――」

黒雲が太陽を隠し、雷鳴が轟《とどろ》く。

「臨京《リンケイ》にいる厄介な老人をこの機に乗じて除《の》ける」

【鳳】の羽は折れ、【虎】の牙は砕けた。

残る敵は張泰嵐《チョウタイラン》。

そして――老宰相、楊文祥《ヨウブンショウ》のみ。密偵が身を翻《ひるがえ》す。

「……怖い男だ。お前に天下を託した『皇英峰《コウエイホウ》』の気が知れぬ。次に会うは春となろう。

もし、ハショの才が物足りぬ場合は」

私はゆっくりと頭を振った。肘をつけ、苦笑する。

「不要。あの『軍略ならば世の誰にも負けぬ！』という、稚気がおかしいのだ。全て、前世の私の真似事《まねごと》にも拘《かか》わらずな。セウルの死を経験したことで、多少は成長しよう？」

「………やはり、怖い男だ」

狐面は内庭へと歩みを進め、やがて見えなくなった。

戦域図に刺さる金属片を眺める。

前世の私ですら、携えてはいるだけでまともに【天剣】は扱えなかった。

あの双剣は主を——真の英傑を選ぶ。

あり得ない話だが、本物であったとしたら。

私の知る廟《びょう》に安置されていなかったことをも思い出し、心中に憎悪《ぞうお》が蠢《うごめ》く。

「……抜けぬ筈《はず》の【黒星《こくせい》】と【白星《はくせい》】を戦場で振るう者達、か……」

私の独白に天が再び雷鳴を以《もっ》て答える。

黒雲は晴れず、北天の【双星】もまた見えなかった。

あとがき

三ヶ月ぶりの御挨拶、七野《ななの》りくです。

危なかった。本当に危なかった。何とか間に合いました。

入稿日の朝陽《あさひ》はかなり凶悪でしたね……。砂になる感覚を思い出しました。


気を取り直し、内容について！

はい、軍師ちゃんです。

史実において『軍師』という役職は思いの外？　早めに姿を消しています。

今日《こんにち》の一般的なイメージを作り上げたのは水滸伝《すいこでん》や三国志演義。

『軍師＝超自然的な技を用いる』は、周の太公望《たいこうぼう》、前漢の張良《ちょうりょう》、明帝国《みんていこく》の劉基《りゅうき》の活躍が余りにも華々しく（他の英雄達の活躍も合わさって）、伝承されていく内に変容していったものなんじゃないか？　と思っています。

なので、二巻で敵味方に軍師キャラを出すのは当初から決めていました。

——魔術や妖術は使えませんが。

瑠璃《ルリ》の力は戦場において一切無価値なもの。

反面、隻影《セキエイ》達からすると、彼女の才は巻を重ねるごとに頼もしくなっていく筈《はず》です。

白玲《ハクレイ》と明鈴《メイリン》に可愛《かわい》がられ、隻影《セキエイ》からは頼りにされるだろう瑠璃《ルリ》に御期待ください。


宣伝です！

『公女殿下の家庭教師』最新十四巻、近日発売予定です。

……これを書いている時点で作業中ですが。

こ、珈琲《コーヒー》飲みつつ頑張ります。


お世話になった方々へ謝辞を。

担当編集様、今巻もお疲れ様でした。また、御迷惑おかけしました。

ｃｕｒａ先生、瑠璃《ルリ》、完璧です！　髪と瞳の色等々、迷ったんですが……この色にして本当に良かった！

ここまで読んで下さった全ての読者様にめいっぱいの感謝を。

また、お会い出来るのを楽しみにしています。次巻、『血戦。その果てに』。

七野りく

お便りはこちらまで

〒一〇二-八一七七
ファンタジア文庫編集部気付
七野りく（様）宛
cura（様）宛

富士見ファンタジア文庫

双星《そうせい》の天剣使《てんけんつか》い2

令和5年2月20日　初版発行

著者——七野《なな の》りく

発行者——山下直久

発　行——株式会社KADOKAWA
〒102-8177
東京都千代田区富士見2-13-3
0570-002-301（ナビダイヤル）

印刷所——株式会社暁印刷

製本所——本間製本株式会社

ISBN978-4-04-074845-0 C0193　◇◇◇

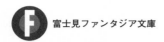

双星の
玄。
アダイ。
激突。
発売予定！

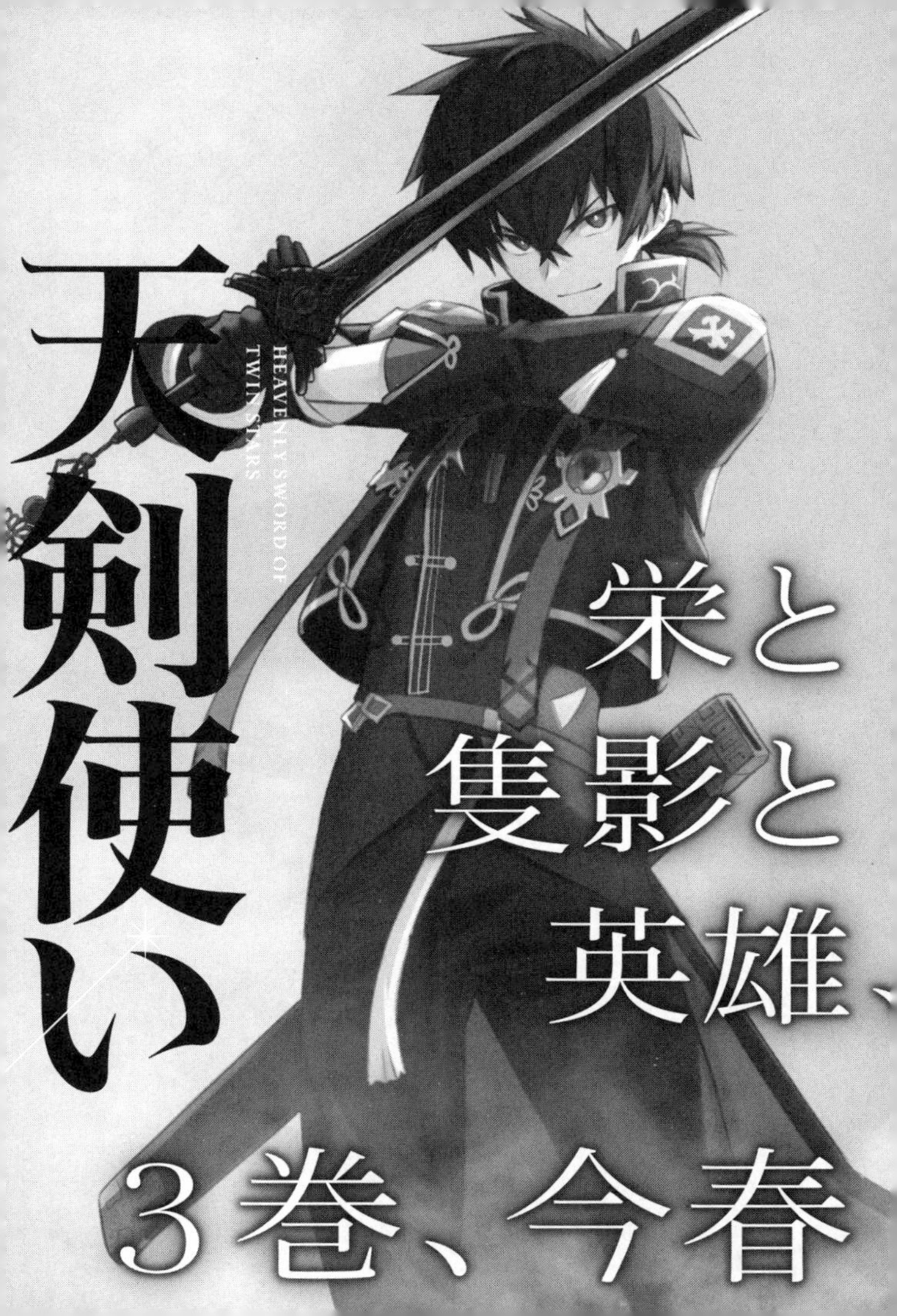
天剣使い
HEAVENLY SWORD OF
TWIN STARS
栄と
隻影と
英雄、
3巻、今春

切り拓け！キミだけの王道
ファンタジア大賞
原稿募集中！
賞金
《大賞》300万円
《金賞》50万円
《銀賞》30万円
選考委員
細音啓「キミと僕の最後の戦場、あるいは世界が始まる聖戦」
橘公司「デート・ア・ライブ」
羊太郎「ロクでなし魔術講師と禁忌教典《アカシックレコード》」
ファンタジア文庫編集長
前期締切 8月末日
後期締切 2月末日
公式サイトはこちら！ https://www.fantasiataisho.com/
イラスト／つなこ、猫鍋蒼、三嶋くろね